PARA
TODAS AS
PESSOAS
RESILIENTES

IANDÊ ALBUQUERQUE

PARA TODAS AS PESSOAS RESILIENTES

OUTRO Planeta

Copyright © Iandê Albuquerque, 2021
Copyright © Editora Planeta do Brasil, 2021
Todos os direitos reservados.

PREPARAÇÃO: Elisa Martins
REVISÃO: Fernanda França e Franciane Batagin
DIAGRAMAÇÃO: Nine Editorial
CAPA: Fabio Oliveira
ILUSTRAÇÕES DE MIOLO: @zebradaa

DADOS INTERNACIONAIS DE CATALOGAÇÃO NA PUBLICAÇÃO (CIP)
ANGÉLICA ILACQUA CRB-8/7057

Albuquerque, Iandê
  Para todas as pessoas resilientes / Iandê Albuquerque. -- São Paulo: Planeta, 2021.
  192 p.

  ISBN 978-65-5535-278-8

  1. Crônicas brasileiras 2. Resiliência (Traço da personalidade) I. Título

21-0052   CDD B869.8

Índices para catálogo sistemático:
1. Crônicas brasileiras

MISTO
Papel produzido a partir de fontes responsáveis
FSC® C011188

Ao escolher este livro, você está apoiando o manejo responsável das florestas do mundo

Acreditamos nos livros

Este livro foi composto em Granville e impresso pela Gráfica Santa Marta para a Editora Planeta do Brasil em maio de 2022.

2022 Todos os direitos desta edição reservados à
EDITORA PLANETA DO BRASIL LTDA.
Rua Bela Cintra 986, 4º andar – Consolação
São Paulo – SP CEP 01415-002
www.planetadelivros.com.br
faleconosco@editoraplaneta.com.br

se tornar alguém maduro e resiliente
vai te custar pessoas, relações, momentos.

mas, apesar de tudo, não desista, escolha você!

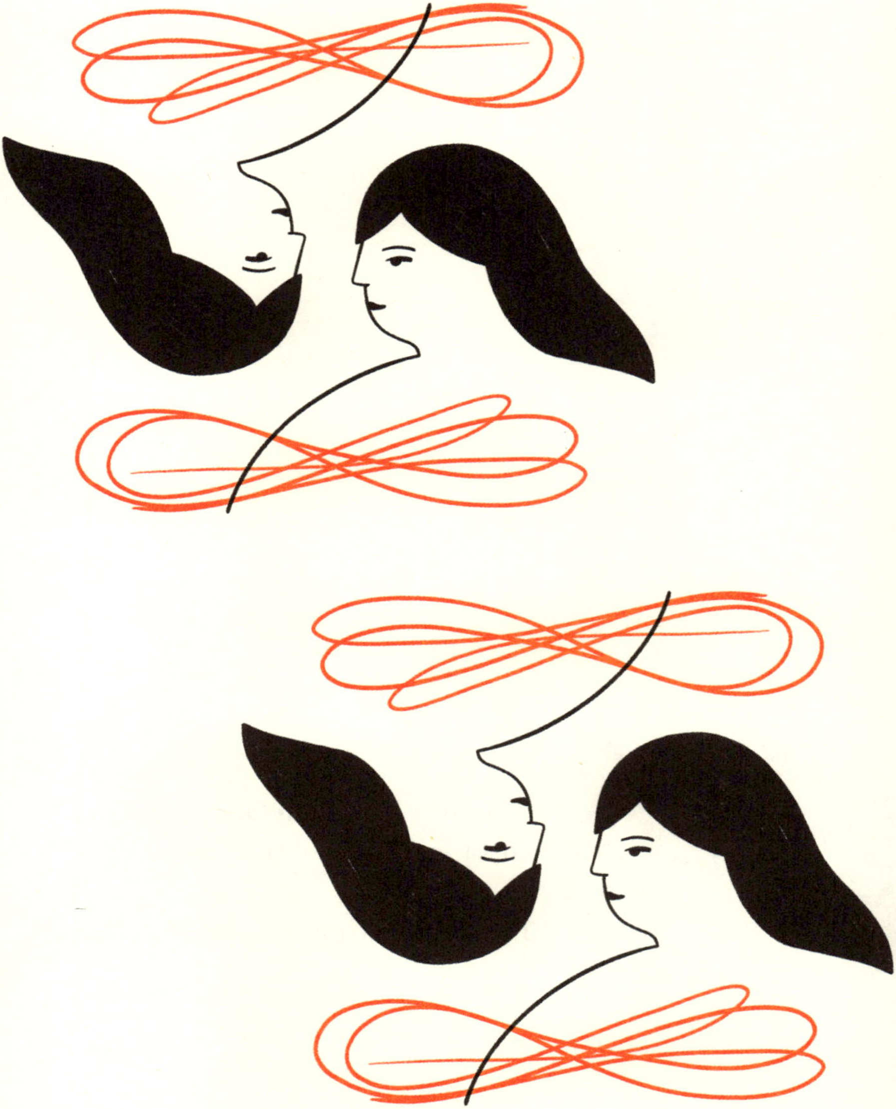

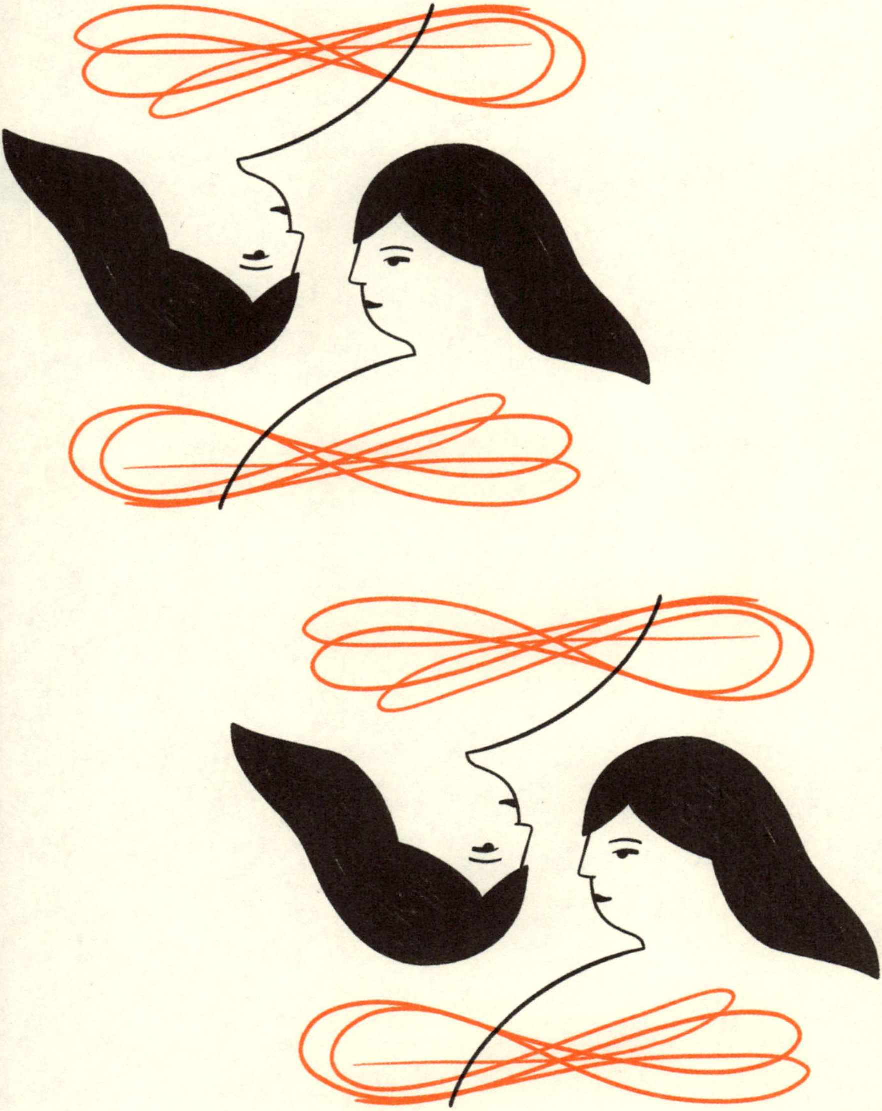

PARA TODAS AS PESSOAS RESILIENTES.

eu já me machuquei muito pelos outros.
mas a única certeza que eu tenho, no fim de tudo,
é de que o tamanho dos destroços é igual ao tamanho do amor
que precisaremos pra nos reconstruir.
essa é a parte forte de tudo isso.
isso é o que importa.
a resiliência.

e eu amo a minha capacidade de ser resiliente,
de resistir a tantas relações que me magoaram,
de ressurgir ainda mais forte, de emergir ainda mais intenso,
de entrar em mim pra trocar de casca
e me vestir de amor-próprio pra continuar em frente.

eu quero dizer pra você que se maltrata, se culpa,
duvida da sua capacidade de ser resiliente,
de sobreviver às quedas e voltar melhor do que antes.
você que acolhe os outros, mas esquece de si mesmo

e depois se questiona por que a vida tem sido tão dura com você:
comece sendo menos duro consigo mesmo.

saiba respeitar o seu tempo.
pode ser que amanhã as coisas não fiquem cem por cento melhores,
mas amanhã ficará melhor do que hoje,
e o agora talvez já seja melhor do que o ontem.

se curar é um processo.
resiliência é um processo.
resistência é um processo.
e você vai aprender a se refazer.

eu só te peço pra tomar cuidado e continuar sendo resiliente,
porque a vida costuma machucar a gente,
e quando não é a vida, é alguém que machuca.

AOS 17, EU ACHAVA QUE O AMOR MACHUCAVA. AOS 19, EU ACHAVA QUE AMAR MACHUCAVA. AOS 20, EU APRENDI QUE NÃO ERA O AMOR, MUITO MENOS A MANEIRA INTENSA COM QUE EU AMAVA, QUE ME MACHUCAVA. ERA QUEM EU AMAVA. O QUE MACHUCA MESMO SÃO AS PESSOAS OU AS NOSSAS EXPECTATIVAS, NÃO O AMOR.

aos 22, eu precisei cair na real e aceitar de uma vez por todas que o amor por mim precisa valer mais do que o amor que eu sinto por outra pessoa. eu preciso ser a minha prioridade e o meu próprio amor. quando entendi isso, passei a aceitar as pessoas com mais leveza, respeito e afeto.

aos 23, eu ressignifiquei o que o amor era pra mim. passei a enxergar o valor da minha intensidade e a importância de me ter do começo ao fim das relações. comecei a entender que às vezes, por mais que a gente queira continuar, não está ao nosso alcance ficar. às vezes o que a gente quer não é o que a gente merece de fato. e a gente precisa fazer escolhas pro nosso próprio bem.

às vezes essas escolhas vão obrigar a gente a partir e abrir mão do amor de alguém.

aos poucos eu fui compreendendo que o amor não é exatamente sobre permanecer. é sobre cuidar e ser cuidado. e esse é o único motivo que precisa te fazer ficar. se machuca, não vale o seu amor.

aos 24, eu tive coragem de abraçar o meu amor-próprio. de dar as mãos pra ele e seguir sozinho. eu decidi que essa seria a minha prioridade. cuidar de mim. ir em busca dos meus planos. realizar os meus sonhos. estar com os amigos que me amam. fazer o que me faz bem. e ser feliz mesmo com os dias ruins. a certeza de estar comigo me faz ficar bem no fim de tudo.

se em algum momento eu encontrar alguém, espero que esse alguém compreenda que não penso duas vezes sobre fechar os ciclos que precisam ser fechados. porque se fere o meu amor, não merece o meu tempo. a gente pode e deve amar os outros, mas sem se esquecer um segundo da gente, entende?

dizem que sou meio frio, mas se soubessem o que eu sinto e como eu sinto, compreenderiam que com a minha intensidade daria pra descongelar a Antártida inteira. eu sou só cuidadoso comigo. preciso ser.

aos 29, eu tô me expondo e declarando, neste livro, que o meu amor é a coisa mais linda e encantadora que tenho por mim. quem me conhece sente esse amor.

porque o que é de verdade transborda.

tem gente que encontra o amor-próprio aos 20. que ressignifica aos 30. que entende a importância de se cuidar aos 40. e tudo bem, o mais importante é tratar a gente como a gente merece.

TEM DIAS QUE A GENTE SÓ PRECISA OLHAR PRA GENTE MESMO E DIZER: "TÔ AQUI. A GENTE JÁ PASSOU POR ISSO ANTES E VAI PASSAR MAIS UMA VEZ JUNTOS".

eu nem te conheço, mas queria te pedir pra você respeitar o seu processo.

queria te dizer pra ter mais paciência consigo mesmo e compreender quando você não conseguir seguir e precisar recuar.
porque você vai aprender também com o seu medo de seguir em frente.
não precisa você se sabotar ou se culpar só porque, mais uma vez, falhou e permitiu que te usassem de novo.

você vai aprender a respeitar o seu espaço também.
e entender que nem sempre todo mundo que chega quer te fazer bem.

nem tudo o que a gente quer é, de fato, o que a gente merece ou precisa.
nem todo o amor que prometeram é o que vai te acolher.

você vai compreender, quando estiver sozinho, que isso, na maioria das vezes, é o que você vai encontrar.
você mesmo.
e é melhor que você comece a aprender a lidar e aceitar a sua presença.
porque você vai ser a pessoa mais importante nesse processo todo.

então, comece aceitando que você será tudo o que restará no fim de tudo. e isso já é muito!

tem dias que a gente só precisa olhar pra gente mesmo e dizer:
"tô aqui. a gente já passou por isso antes e vai passar mais uma vez juntos".

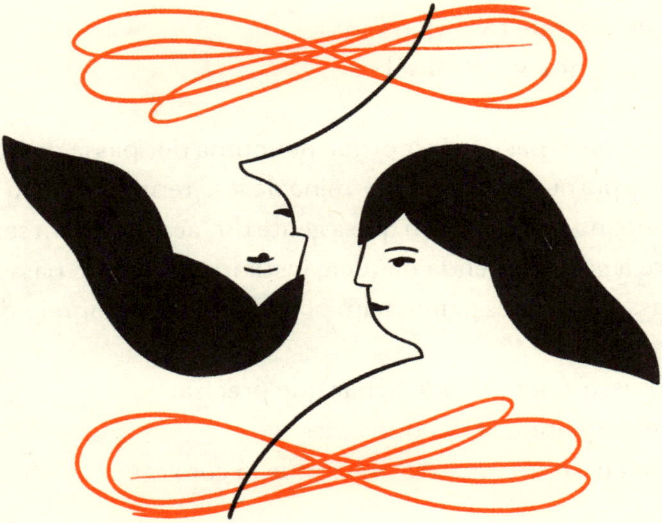

aceite que você é humano e, acima de tudo, que você é vulnerável também, que tá tudo bem chorar, tá tudo bem não saber o que fazer, tá tudo bem passar por momentos difíceis. é assim que a gente aprende a fazer o certo, a ter coragem de fazer mesmo sabendo que o certo algumas vezes dói.

respeite quando doer.
e sinta o que tiver que sentir.
vai passar e você vai sobreviver.

só te peço paciência, porque nenhuma dor passa de uma hora pra outra, nenhum término de fato termina dentro da gente no momento em que a gente diz "acabou", nem sempre a gente entende naquele instante que o que passou, passou! às vezes demora um pouquinho pra compreender.

por isso, pare quando achar que precisa.
chore quando achar que deve.
siga em frente quando achar que já consegue.

o processo é sobre você saber que, antes de renascer, você precisa criar novas raízes primeiro.

ESCOLHA PESSOAS QUE TE ESCOLHEM.

por que você continua escolhendo
pessoas que não te escolhem?

porque você sempre pensa que pode convencê-las a te escolherem também, né? e, bom, você sabe que nunca funcionou.

por que você insiste em escolher alguém que escolheu não continuar te escolhendo? tem coisas que a gente só precisa aceitar, por mais difícil que seja entender. mas a gente precisa aceitar.

aceitar pra não ficar se sabotando.
aceitar pra abrir caminho pro que não for pra ficar, passar.
aceitar pra não se perder num caminho que nem te pertence mais. num lugar que talvez nem te caiba. num sentimento que você não precisa nem merece ter.

tem gente que entra na vida da gente pra ser só aquilo.
e só.

eu entendo que é difícil pra caramba aceitar isso, e jogar todas as expectativas no lixo. mas não tem como a gente ter controle de quem fica na vida da gente se o outro demonstra não ter o mínimo de respeito pelo espaço que a gente dá.

a gente pode escolher quem permanece na vida da gente. e isso já é o bastante.

então, me diz, por que você continua insistindo em escolher quem não te escolhe?

VOCÊ TENTOU E PRECISA SE ORGULHAR DISSO.

você tentou ao assumir o risco da incerteza que é estar apaixonado por alguém e não saber até quando vai durar. ao comprar uma passagem pra ver alguém totalmente diferente de você só porque você acreditava que poderia te fazer bem.

você tentou quando enxugou as suas lágrimas e prometeu confiar de novo em alguém que te machucou. quando você entrou numa guerra consigo mesmo e escolheu dar mais uma chance, porque você acreditava que poderia dar certo daquela vez, mesmo que a tua confiança não estivesse mais inteira.

você tentou.

quando se viu sem chão e sem direção, quando o teu corpo te pedia pra voltar, porque você precisava se recompor, se reconstruir e tentar de novo, não naquele mesmo lugar, não naquela mesma relação, ou com aquela mesma pessoa, mas tentar de novo com novas possibilidades e novos amores.

você tentou até esgotar todas as tentativas, porque você acreditava que poderia viver algo melhor.

e você pode e merece.
mas pra que a gente possa viver algo melhor, a gente precisa abrir mão daquilo que já não é tão bom assim.

você tentou quando você se despediu sem ter certeza se seria a última vez. quando você precisou abrir a porta enquanto observava o outro descendo as escadas, e não podia fazer muita coisa porque você já tinha feito tudo.

quando você percebeu que ainda amava aquela pessoa que foi extremamente abusiva com você, que bagunçou a tua vida e que te deixou marcas, e que talvez você precise aprender a reencontrar o amor, porque você tentou mais do que deveria ter tentado.

você tentou,
mesmo que não tenha durado o tempo que você queria,
mesmo que não tenha sido da maneira que você esperava,
mesmo que não tenha sido um fim amigável.

você tentou, e precisa se orgulhar das suas tentativas que não deram certo também. não é porque não foi até onde as suas expectativas se projetavam que não foi significativo.

você vai tentar de novo.
e de novo.
e mais uma vez.
e, pra isso, precisa se livrar da culpa pelas suas tentativas.

a sensação de chegar
num momento da vida
e dizer de boca cheia e
peito aberto:

"ainda bem que passou.
ainda bem que eu fui
embora.
ainda bem que eu abri
mão. ainda bem".

é incrível, né?

NEM PENSE EM DESISTIR DE VOCÊ, CARALHO!

eu imagino que o processo pelo qual você está passando neste momento seja bem doloroso.
mas quero te dizer que é natural a gente se sentir meio esgotado.
de verdade, por mais que a gente se conheça,
por mais que a gente saiba admirar as coisas
boas que a gente carrega
– porque, sim, todo mundo carrega muita coisa linda e muito a ser admirado.
por mais que a gente tenha tudo isso com a gente,
às vezes vem esse sentimento de se sentir incapaz,
de se sentir incompleto, de se sentir meio perdido e confuso.

sentir tudo isso é uma prova também de que você está vivo e de que tem sentimentos.

no meio do caminho a gente vai tropeçar, vai cair, vai querer desistir, vai se sabotar, se colocar pra baixo, se diminuir.
é natural que isso aconteça, porque isso faz parte dos

processos de transformação pelos quais passamos ao longo da nossa vida.

e tudo bem que, às vezes, a gente não consegue ser forte o tempo todo. ninguém consegue ser forte o tempo todo.

a gente precisa escolher a gente.
e faz parte do pacote escolher também as nossas dores, as nossas decepções, os nossos machucados, os nossos medos, as nossas inseguranças, as nossas vulnerabilidades, as marcas do passado que estão impregnadas na nossa vivência. e se abraçar por completo.

cada pessoa carrega uma essência, e essa essência não é só de coisas boas, a gente também é feito de sentimentos inúteis, de medo, de insegurança. e sentimos porque isso faz parte.

então, nem pense em desistir de você, nem do amor que você tem, nem do afeto que você é. vai passar. porque você tem você, e isso precisa ser a coisa mais importante da sua vida.

EU NAMOREI UMA PESSOA QUE FINGIA SER BOA PROS OUTROS. MAS ESSA PESSOA ME FAZIA SENTIR CULPA PELAS MERDAS QUE ELA COMETIA, PORQUE ME TRAÍA, ME DIMINUÍA, ME FAZIA DESCONFIAR DA MINHA SANIDADE E DUVIDAR DA MINHA INTUIÇÃO. É POR ISSO QUE EU DIGO E REPITO: SE CUIDE! CONFIE EM VOCÊ PRIMEIRAMENTE E ESCOLHA VOCÊ SEMPRE.

em qualquer hipótese, escolha você sempre!
ouça o que o teu coração tenta te dizer.
respeite os seus sentidos.

entenda que o teu amor é o sentimento mais forte
e incrível que você tem.
se ame e se tenha mais do que qualquer outra pessoa.

jamais aceite o que você não merece
e nunca solte as suas próprias mãos pra segurar qualquer
coisa que te ofereçam.

você não tem que se culpar por abrir mão,
por deixar ir alguém que você ama muito.
você não tem que carregar a culpa por algo
não ter dado certo ou por não ter acontecido
como você esperava.

o processo de entender o que a gente merece é difícil, eu
sei. mas a gente precisa ter coragem pra seguir. não é o
outro, não é ninguém que vai fazer isso pela gente.

então, escolha o seu equilíbrio emocional.
escolha a sua sanidade mental. escolha a sua paz.
isso é tudo o que você tem e é tudo pelo que precisa lutar
pra continuar tendo.

não deixe que tirem isso de você.
nunca.

TEM GENTE QUE ENTRA NA VIDA DA GENTE PRA SER SÓ AQUILO. E SÓ.

tem gente que entra e não precisa ficar. às vezes, pra ser sincero, é melhor mesmo que não fique. a gente que se opõe, às vezes, ao que já está mais do que claro, e se engana esperando por algo maior.

às vezes não existe nada mais do que só aquilo. só aquele pouco amor. só aquela pouca atenção. só aquele pouco respeito. só aquela pouca reciprocidade.

quase nada. e isso é só. tem quem entre na vida da gente de passagem. a gente que às vezes se revolta, não aceita, se sabota, quando o outro parte. sem compreender que partir talvez tenha sido a melhor coisa a ser feita.

existem outros caminhos. outros sorrisos. inúmeros momentos que a gente ainda vai viver. vai embora quem precisa ir. fica contigo, além de você mesmo, quem for pra ficar.

tem gente que entra na nossa vida pra ser só aquilo. pra deixar um pouco de si e levar consigo um pouquinho da gente. tem gente que entra pra ensinar e pra aprender. e só. a gente que faz birra quando algo não sai como esperamos. ou quando acaba antes do tempo. mas talvez seja só aquilo. e só. tem gente que entra na vida da gente pra bagunçar realmente. nada tem pra oferecer a não ser mentiras. não soma, só finge amar. fala em amor de boca cheia e coração vazio. e dói, sim, encontrar gente assim. mas, às vezes, a gente não entende que é só aquilo e só.

e ser só aquilo talvez tenha sido melhor.
melhor porque não precisou continuar.

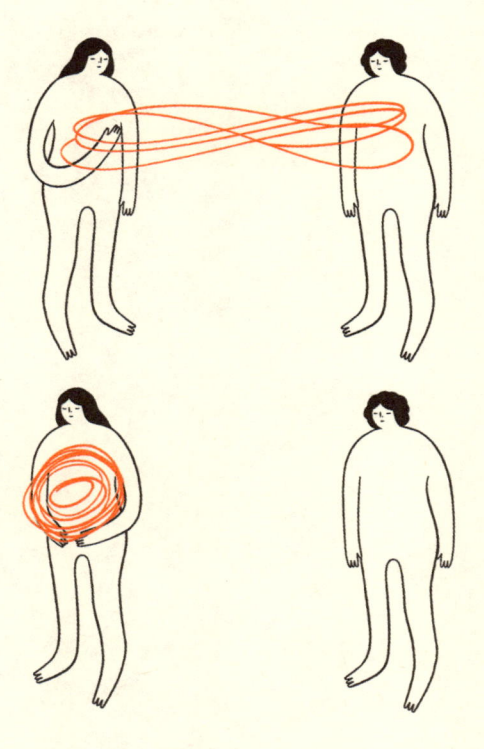

nenhum relacionamento
tem que ser mais importante do
que a sua relação consigo mesmo.

você dormiu bem?
a sua saúde mental está em paz?
o seu emocional está tranquilo?

a sua prioridade
número um tem que
ser sobre você,
sobre tudo o que
você carrega consigo,
sobre aonde você
quer chegar.

EU ATÉ GOSTEI DE VOCÊ, MAS É QUE EU GOSTO PRA CARALHO DE MIM.

eu sinto muito, mas não o bastante pra continuar nisso.
e pode ser que em algum momento eu sinta como se faltasse alguma coisa,
mas eu sei preencher bem os espaços, e farei.

no fundo, amor, você é um ótimo ator, mesmo não sendo de fato.
o seu discurso parece doce pros outros, mas pra mim é amargo.
você se conhece melhor do que eu, e deve saber que não há muita verdade no que diz.
você acredita tanto nas suas mentiras
que pra você parecem reais.
só pra você, não pra mim.

no fundo, você não se tem.
parece meio perdido, à procura de alguém pra se encontrar,
mas não percebe que o amor só vai fazer sentido pra você quando você se entender?

fala em liberdade, mas a liberdade que você diz ter não vale pro outro, só pra você, não é?
fala em reciprocidade, mas exige que o outro te dê aquilo que você nunca será capaz de dar. "porque você é oco. é triste. é narcisista."
eu sei que você olha pra fora e se pergunta por que eu não fiquei perdendo o meu tempo com o seu ego e fazendo você se sentir querido.
mas veja bem, meu bem, não está no meu perfil viver pra te fazer sorrir enquanto eu choro. eu prefiro viver pra me fazer sorrir. é mais bonito e verdadeiro.

eu sei que você se desespera quando prepara o peito pra alguém te amar e esse alguém não aceita ficar.
mas o grande problema, não sei se reconhece, é que você parece não compreender que ninguém fica num lugar vazio. precisa ter, no mínimo, amor.

mas eu sei, eu sei que você tentou me amar,
que você tentou me convencer de que eu precisava de você,
e que você se esforçou pra parecer maravilhoso.
eu reconheço isso, mas já pode ir.

às vezes a distância é bem melhor do que estar junto.
e eu até gostei de você, mas é que eu gosto pra caralho de mim.

você vai saber quando alguém fizer questão de você.
é óbvio demais.
não precisa de esforço.
de desgaste emocional.
de forçação de barra.

O QUE EU DIRIA SE A GENTE VOLTASSE A CONVERSAR.

te diria que eu queria ter dito mais.

queria ter falado pra você que não é errado errar,
mas que o erro machuca muito mais quando não é admitido.
e eu só queria que você falasse, porque eu acreditava ingenuamente
que as coisas ficariam mais leves e fáceis de suportar.

eu diria que ter compreendido o silêncio entre a gente
foi a parte que mais machucou. porque eu queria dizer muito,
mas sabia que era melhor calar.
ou porque eu esperava que você falasse alguma
e qualquer coisa,
mas aceitei que não tinha mais nada a ser dito.
talvez até tivesse, mas a gente preferiu não dizer.

eu diria que perdi as contas de quantas vezes, antes de dormir, ensaiei o que diria pra você no dia seguinte, caso a gente voltasse a conversar, mas esse dia nunca chegou.

e diria também que, mesmo não concordando com quem você foi pra mim, eu senti saudades de quem você fingiu ser.

diria que desejei mandar mensagem todas as vezes que te vi on-line, cogitei falar sobre o que ainda sentia mesmo com a sensação de que não mudaria muita coisa, vi os seus stories pra saber se você ainda sentia que me faltava no seu dia, pensei em te dar uma chance pra gente tentar de novo, mas achei que a vida estivesse dando uma nova oportunidade pra gente. de seguirmos caminhos diferentes, entende?

eu só te deixei ir pelo bem da minha saúde mental.

durante meses carreguei comigo todos aqueles planos que fizemos antes da quarentena. você disse que pensava em morar mais perto, eu te falei em alugar um apê, a gente combinou de fazer uma viagem juntos. e foi meio louco sentir saudades disso mesmo sabendo que algumas promessas não têm tempo de serem cumpridas.

e eu sei que a gente tinha muito mais coisas em comum do que nossas diferenças, e isso me confundiu por um tempo porque a gente tinha muito potencial pra ter sido muito mais do que jamais fomos. e mesmo depois de todo esse tempo, eu te diria que senti deveras vontade de te procurar pra falar sobre o cotidiano.

diria que, quando toca a minha *playlist*,
toca também as músicas que você incluiu nela.
quando olho pra lua cheia,
olho também pro dia em que a gente se abraçou e admirou a luz no céu.
quando vejo um pôr do sol, vejo também o quão bonito foi aquele com você.

eu diria que ainda guardo comigo alguns dos vários momentos que a gente dividiu. e que foi difícil aceitar que o amor, às vezes, também é sobre impermanência. mas aceitei.

O AMOR É LEVE, PESADO FOI A GENTE JUNTO.

nem lembro a última vez que falei da gente.
mas doeu fingir que não doía,
quando, por dentro, eu sabia dos traumas que se acumulavam.
aprendi que fingir que não dói não passa, só acumula.

um dia doeu contar sobre as marcas que a nossa insistência me causou, falar sobre amor e te ter como um péssimo exemplo. porque eu achava que o amor era pra ser leve. e, na verdade, o amor é leve. pesado era você.

eu desejo que você possa se entender um pouco melhor, em vez de envolver as pessoas na sua bagunça, pra preencher uma falta de afeto, que talvez seja falta de você!

que você pare de culpar os outros por sua irresponsabilidade e que assuma quando irresponsável for, pra parar de jogar pros outros a culpa de você fingir ser alguém que não é, ou montar um personagem na sua cabeça e achar que pode convencer todo mundo com as suas mentiras e encenações.

eu reconheço os meus erros e onde falhei. e você deveria se enxergar também. pra aprender que algumas palavras pesam toneladas. por isso você não precisa dizer o que não sente. e pra ter maturidade de assumir os seus erros, e coragem de ser de verdade. porque a vida vai te exigir isso. uma hora você precisa crescer (por dentro principalmente).

apesar de você ser completamente responsável por si, eu não te culpo mais por ser quem você é agora ou quem você foi pra mim.
porque quem eu sou agora já não sente quem você foi.

porque eu sei que o amor é leve.
pesado foi a gente junto.

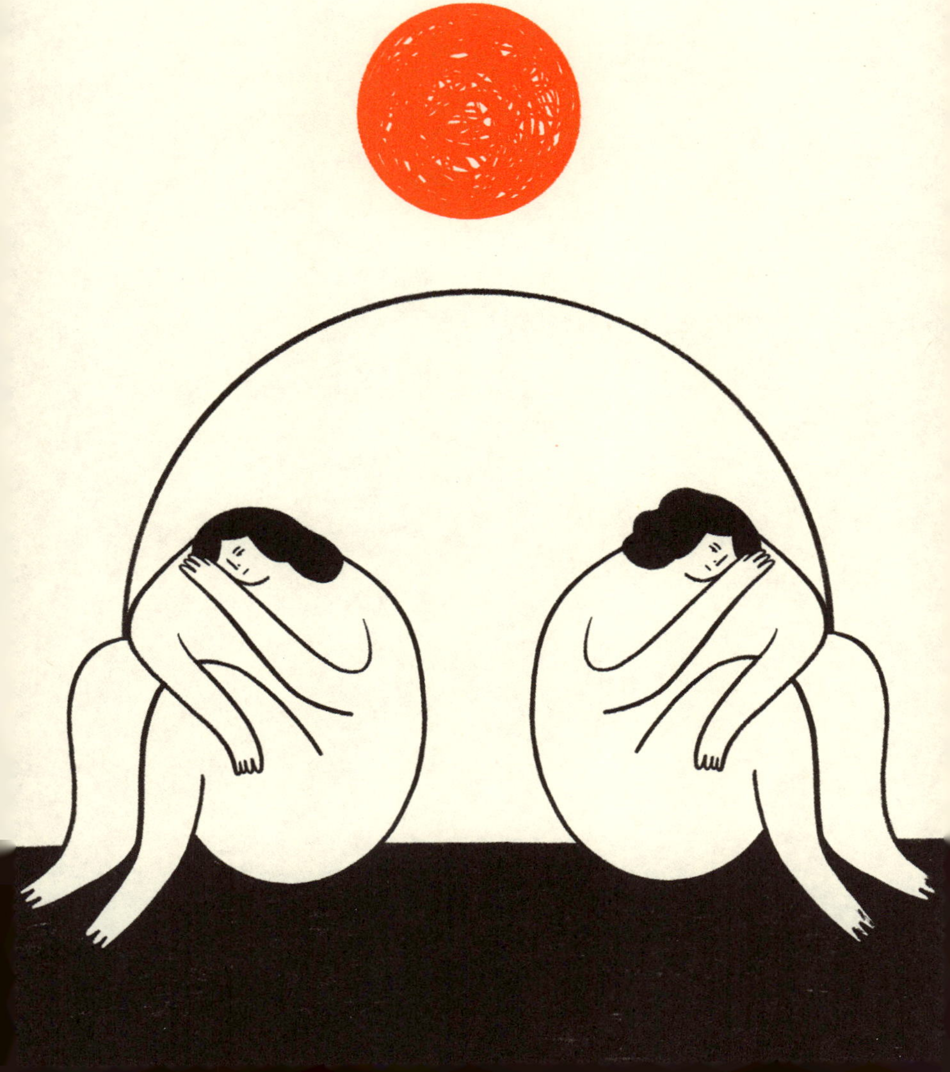

eu sabia que a possibilidade de
dar merda era enorme,
mas eu fui só pra ter certeza.

NÃO DÁ PRA ACEITAR DE VOLTA QUEM TEVE O MEU AMOR NAS MÃOS E, EM TROCA, ME DEU A SUA PIOR VERSÃO.

você disse que tinha se arrependido. e eu não duvido. de verdade. eu acho que as pessoas podem se arrepender e mudar. eu realmente acho isso.

mas eu entendo também que eu posso escolher não continuar mantendo na minha vida quem me machucou. e até acho mais maduro ter coragem de dizer adeus. ter coragem de deixar alguém ir, mesmo que esse alguém seja a pessoa que um dia eu amei.

não é rancor. não é medo. são escolhas. eu escolho quem fica comigo e quem não fica. eu escolho qual tipo de relação eu quero pra minha vida. qual sentimento eu preciso levar comigo. e de você eu não quero nada. eu só quero passagem pra eu seguir o meu caminho. e te desejo sorte e muita maturidade pra você seguir o seu.

sério. eu não duvido que você tenha reconhecido os seus erros e que agora está decidido a ser uma nova pessoa. de verdade. eu acho foda quando as pessoas enxergam o que foram, quando reconhecem isso e mudam pra melhor.

eu espero que você mude. mas eu escolho que você mude, de preferência, bem distante de mim. que aprenda a receber o amor de alguém, e que entenda também que, quando alguém te dá afeto, você não engana. espero que você entenda que, quando a gente entra na vida de alguém, é pra fazer a diferença. e eu espero que você compreenda que essa diferença não é sendo a sua pior versão.

você disse que me quer de volta. que quer uma nova chance. que pretende fazer tudo de um jeito diferente. mas, meu bem, eu te dei a maior parte de mim, eu me mostrei por inteiro, você me viu vulnerável e eu deixei que você tocasse as minhas inseguranças. você conhecia as minhas fraquezas, as minhas marcas e um pedaço grande da minha história, eu te contei. você teve a oportunidade de fazer valer, de ser alguém foda em meio a todas as relações a que eu tive que sobreviver. eu te dei espaço pra você ser você, te dei o privilégio do meu amor.

e o que você fez? cagou!

e agora você diz que se arrependeu.

tudo bem, eu até acredito que as pessoas possam se arrepender. mas agora você pega toda essa bagunça que você fez e amadurece com isso. eu não vou te aceitar de volta como cortesia. o seu prêmio é o fim.

e a consequência disso é olhar pro lado
e não me ver nunca mais.

a melhor coisa que fiz em nome da minha estabilidade emocional foi aceitar que as escolhas dos outros não dependem de mim. eu não tenho que me desgastar por coisas que não estão ao meu alcance e nem devo esperar que os outros façam o que eu faria.

NÃO ESTÁ TUDO BEM, MAS FODA-SE! VAI FICAR TUDO BEM.

vai ficar.

não sei quantos anos você tem, não sei quantas vezes já passou por isso.
mas eu preciso te dizer que:

algumas pessoas vão embora e isso não significa nada sobre você. algumas pessoas perdem o interesse, algumas relações não vão ser recíprocas. e mesmo que você transborde amor, às vezes o teu amor será recusado.

apesar de tudo,
lembre-se de que nada disso te faz menor.

espero que você se lembre também das pessoas erradas que você amou, dos dissabores das relações rasas nas quais você mergulhou e dos amores cruéis em que você foi capaz de ficar por tanto tempo. quero que lembre que você é incrível, ainda que tenham te magoado. e espero que tenha aprendido que você não tem o poder de fazer ninguém te amar e que, por isso, você não precisa se culpar tanto toda vez que alguém não te aceita.

saiba que a mais pura forma de amar é, primeiramente, amando quem você é.
e eu sei que amar a si mesmo é difícil pra caralho. mas ame as suas marcas, as suas curvas, o seu corpo, a sua aparência.
porque você é importante e ninguém fará isso por você.

seja grato às coisas que aconteceram,
ainda que não tenham acontecido da maneira que você esperava.
você vai agradecer pelo fim de algumas coisas, talvez não agora.
mas um dia você vai entender que
algumas pessoas são melhores distantes da gente.

se você está onde não queria estar, pense que talvez você esteja no lugar que deveria, passando por tudo isso, porque há de ser melhor um dia.
os machucados de hoje te farão melhor amanhã,
ou daqui a uma semana, ou um mês, ou um ano.

talvez demore um pouco, ou seja mais rápido do que imagina, mas vai ficar tudo bem.

**não tente entender o que o outro fez com você,
porque isso é a maior perda de tempo que você pode
fazer com você mesmo.**

**pra que ficar remoendo as coisas tentando
procurar respostas e corrigir erros que não são seus?**

até quando você vai ficar dependendo do outro pra se sentir melhor?

EU NÃO ACEITO QUALQUER PESSOA. NÃO ACEITO MESMO. NÃO ACEITO PASSAR PELAS MESMAS COISAS QUE JÁ PASSEI, QUE ME MACHUCARAM PRA CARAMBA E QUE EU PRECISEI DAR DURO PRA ME RECONSTRUIR COMPLETAMENTE. FODA-SE! NASCI SOZINHO E TENHO TOTAL POTENCIAL PRA SER FELIZ ASSIM.

só aceito o que me faz bem.
e acredito que é melhor mesmo sozinho
que com uma péssima companhia.

reconhecer que você tem potencial pra ser feliz sozinho é
saber que você merece mais, que você não tem que tentar

se encaixar em relações que te diminuem, muito menos insistir em pessoas que não te consideram. às vezes a gente deposita nos outros a nossa felicidade e começa a acreditar que sem o outro a gente não funciona. e aí está o erro! por acreditar nisso que a gente permanece insistindo em relações que só sugam a nossa energia. em pessoas que só desestabilizam a nossa saúde emocional.

quando eu digo que você tem total potencial pra ser feliz sozinho, eu quero dizer, na verdade, que você estará sozinho em diversos momentos, que você é o principal responsável por reconstruir tudo, que você é essencial na sua jornada, e que você precisa ter você! isso é que tem que ser a sua prioridade!

é realmente incrível a gente ter pessoas ao nosso lado. mas que sejam pessoas que, de fato, nos façam bem. e eu tenho certeza de que você tem pessoas na sua vida que se importam realmente com você! valorize essas companhias em vez de ficar aceitando o pouco afeto dos outros, tá bom?

NÃO TENHO MEDO DE SER TRAÍDO. A TRAIÇÃO FALA MUITO MAIS SOBRE O OUTRO DO QUE SOBRE MIM.
E É POR ISSO QUE EU NÃO CONSIGO ME CULPAR QUANDO ALGUÉM TRAI O MEU SENTIMENTO. NÃO CONSIGO ME COLOCAR PRA BAIXO NEM ME DIMINUIR. EU SÓ CONSIGO OLHAR PRA MIM E DIZER: "VOCÊ FOI INCRÍVEL. E CHEGOU A HORA DE PARTIR".

anos atrás, o iandê se colocava pra baixo e se diminuía, se sentia rejeitado e trocado. depois de muito se foder, o iandê de hoje entende que, por mais dolorido que seja, ciclos precisam ser encerrados por alguma razão ou razão alguma que a gente entenda, pessoas precisam partir, e eu preciso me dar as mãos e seguir comigo.

a gente precisa se curar.
se transformar.
ressignificar.

a vida não é sobre deixar que os outros arranquem de você o que você tem de mais foda! o amor é sobre você resistir pra recomeçar. encontrar um novo sentido.

e é por isso que, quando alguém trai o meu sentimento, eu me acolho e digo pra mim mesmo: "tá tudo bem. e se não estiver tudo bem por enquanto, vai ficar tudo bem também".

reconhecer quem a gente foi é incrivelmente lindo. saber que você deu o seu melhor. que você foi você. e que só conseguiu dar ao outro afeto de verdade.

é só isso que tem dentro de mim.
afeto de verdade.

se tiver afeto de verdade, você vai perceber que não é sobre querer e esperar que os outros te deem tudo aquilo que você já tem. é sobre você enxergar o que tem e entender que a única pessoa com responsabilidade de te fazer bem e feliz é você!

segura na tua mão
e se mantém fiel a ti mesmo.

a meta é:

cuidar de mim e ter inteligência emocional
o suficiente pra não perder o meu precioso tempo
com coisas que não estão ao meu alcance.

SENTIR FALTA NÃO É QUERER DE VOLTA.

eu senti falta, sim. admito. eu senti sua falta porque eu tinha decorado o teu sorriso, porque eu me acostumei com as coisas nada agradáveis que você fazia a ponto de te transformar em abrigo, sabe? eu tinha depositado tanta coisa em você, que no fundo nem sobrou tempo pra perceber o erro que eu estava cometendo.

o tempo me explicou que é normal a gente enxergar em algum lugar um pedaço de alguém que já passou pela vida da gente. nesse tempo de ausência, aprendi que sentir falta é muito, mas muito diferente de querer de volta.

eu sinto falta de tomar refrigerante, mas escolhi não tomar por entender que não faz bem pra minha saúde. eu sinto falta de uma camisa preferida que eu tinha aos 17 anos, mas que acabou por não caber mais em mim. afinal, eu já tenho 28. eu sinto falta das amizades do colegial, mas que por algum motivo tomaram outros caminhos e eu segui o meu. tá vendo? nada disso é sobre querer de volta, mas, sim, sobre aceitar que as coisas se vão, e que eu preciso compreender isso pra não permanecer parado no tempo, entende?

é sobre entender que a gente muda de tamanho, por dentro e por fora. que a gente se transforma diversas vezes. que a gente muda de pele e de gostos. é sobre saber que nem sempre alguém que a gente quer fica com a gente. mas é importante entender que a gente precisa querer ficar com a gente mesmo.

e depois que aprendi isso, eu parei de me importar com os espaços que você não ocupava mais. eu parei de lamentar e perder as minhas manhãs tentando entender o motivo pelo qual a gente não ficou.

o tempo me ensinou que eu não posso perdê-lo e que vou precisar recomeçar diversas vezes. e que, pra isso, será necessário ter um ponto-final mesmo que eu sinta falta. e não é sobre querer de volta, é só sobre sentir falta. mas não querer de volta por saber que é melhor assim. por ter a certeza de que *eu* comigo é melhor do que *eu* me repartindo por alguém.

a verdade é que você me perdeu nos detalhes que não percebeu, e eu sou daqueles que observam até o que um olhar tenta me dizer, entende?

é isso.

o tempo me contou que tem gente que só passa por passar na vida da gente. pra ficar, não!

ORGULHE-SE DE QUEM VOCÊ FOI.

mesmo que algumas coisas não tão agradáveis tenham acontecido e deixado a tua caminhada um pouco mais pesada.

eu sei que talvez você tenha prometido pra si mesmo que não iria cometer os mesmos erros, nem permitir que as pessoas brincassem com os seus sentimentos de novo. e talvez você tenha falhado nisso.

mas tudo bem. a gente não tem tanto controle sobre isso. e por mais maturidade que a gente tenha, a gente não está isento de cometer os mesmos erros.

você fez o que pôde.
você foi você.
você deu a intensidade que existe em você.
você foi amor até quando não existia espaço pra ser.

deixa eu te dizer: eu também falhei diversas vezes este ano. eu disse pra mim mesmo que não iria permitir que alguém que me machucou entrasse na minha vida de novo, mas cometi o erro de responder a uma mensagem que me machucou ainda mais. eu fingi ser forte, até o momento em que eu desmoronei dentro de mim mesmo e percebi que a gente precisa colocar as mágoas pra fora pra não acabar se afogando, sabe? que a gente não precisa ter medo de chorar quando necessário, sem ter vergonha de ser vulnerável.

eu precisei falhar mais uma vez com o meu amor-próprio pra entender que ele me salvaria no fim de tudo.

eu perdi o meu tempo ouvindo, respondendo, buscando coisas que não estavam ao meu alcance, até entender que a gente só segue em frente quando a gente resolve tirar da nossa frente quem deveria ficar pra trás. e isso dói um pouquinho, mas essa é a consequência das escolhas.

então, orgulhe-se de ter sido amor. orgulhe-se por todas as quedas e falhas que você cometeu em nome do amor. por ter partido do que te partiu. por ter se reconstruído do que te destruiu. por ter se transformado em meio ao que desequilibrou. ou ao menos tentado.

você precisou fazer o que tinha que ser feito.
você chegou até aqui.

e eu acho que você tem muito mais pelo que agradecer do que pelo que se culpar, né?!
já parou pra pensar?

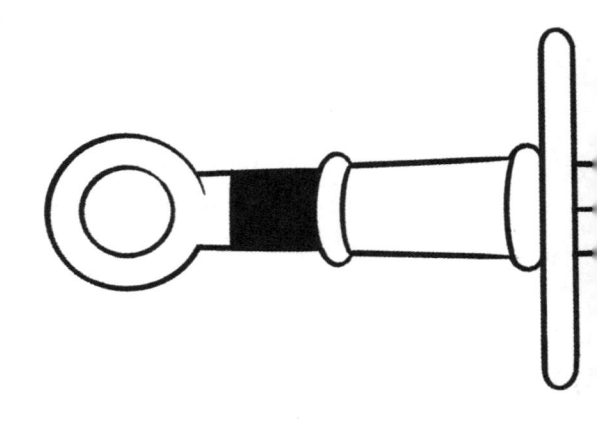

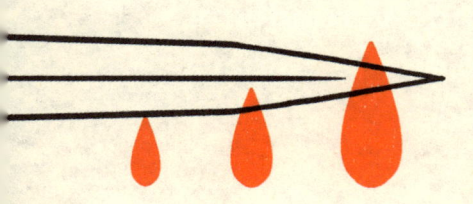

eu tenho um medo gigante de ferir alguém porque sei o quanto dói.
eu sei como é perder a direção. eu sei como é se sentir trocado,
traído, machucado. e eu não desejo que ninguém passe por isso.

muito menos pelas minhas mãos.

eu me lembro do dia em que me culpei por achar que ninguém ficaria. porque era isso que acontecia. ninguém ficava. todo mundo que eu conhecia e com quem me envolvia partia. mesmo eu sendo verdadeiro, inteiro, afeto. e então eu me culpava pela minha intensidade.

até entender que ninguém precisa ficar. que o fim acontece mesmo que eu não saiba lidar. e isso não está ao meu alcance. eu não posso me sabotar nem culpar a minha intensidade. a única certeza que tenho é de que, no fim de tudo, sou eu que fico comigo.

e isso já é foda pra caramba.

EU SOU O AMOR DA MINHA VIDA.

definitivamente eu sou apaixonado por mim.
pelo esforço que eu faço pra me fazer bem, pelo cuidado que eu tenho comigo mesmo, com os meus sentimentos, com as relações nas quais me permito entrar. eu admiro a minha coragem de recomeçar, de deixar ir, de fechar ciclos e jamais insistir em algo por medo de perder.

eu entendo que preciso aceitar o tempo das coisas, que eu preciso procurar algo que me complemente, que me traga paz, que me acolha como eu mereço, e a única prioridade é não me perder.

eu gosto dos conselhos que eu dou pros meus amigos como se eu conseguisse segui-los. eu gosto do tempo que eu dou pra ouvir, pra estar e cuidar de quem eu amo. eu gosto desse meu jeito de acolher aquilo que eu acho que significa o amor pra mim.

eu admiro a minha maneira de lidar com os machucados, de ressignificar aquilo que um dia me arrancou um pedaço, pra que eu possa olhar com mais respeito e aprender com o processo. porque é isso que vai valer no fim de tudo. é

sobre me transformar pra continuar sendo eu. e jamais ser o resultado das decepções que foram pra mim.
eu gosto de tudo o que eu aprendi e que me tornou quem eu sou hoje.

eu aprendi que a responsabilidade de me fazer bem é total e exclusivamente minha. que posso, no meio do caminho, encontrar pessoas incríveis e dispostas a me fazer bem, mas que eu não devo depositar minhas expectativas e projeções nos outros. eu devo fazer mais por mim, em vez de esperar que os outros façam. o autocuidado é sobre isso.

e eu gosto da minha coragem de fazer aquilo que eu tenho vontade, sem pensar muito no que os outros vão pensar ou dizer, sabe? se vai me fazer bem, essa é a única coisa que importa pra mim.

mesmo quando a ansiedade tentar ser maior que os meus sonhos, eu vou me escolher.
porque se eu não fizer isso, se eu não me abraçar de volta, se eu não abrir o meu peito pra me acolher quando eu voltar pra casa, quem vai fazer isso por mim?

e, apesar de tudo, eu amo ter a certeza de que o amor da minha vida tá aqui dentro, comigo, e, se depender de mim, eu vou continuar cuidando de mim com todas as minhas forças.

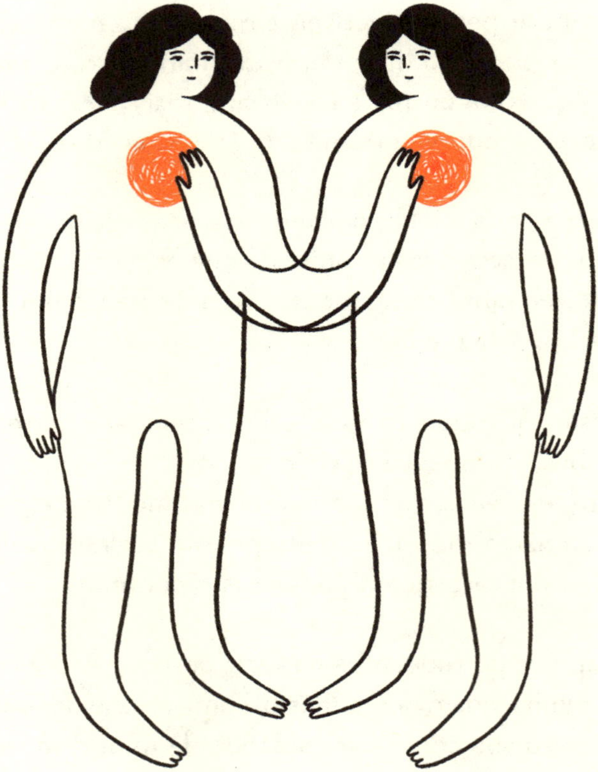

VOLTE PRA SI MESMO.

depois que vocês se distanciaram de vez,
depois que as mensagens sumiram, as ligações, os memes.

como você tem olhado pra você?
com afeto ou com desprezo?

quero que você se veja como alguém amável. como alguém capaz de dar amor, como alguém que merece receber amor também, independentemente de como foram as suas últimas relações, ou de quantas pessoas te machucaram, ou dos traumas que você carrega consigo.

você tem se alimentado de amor
ou diminuído quem você é?

espero que você se perceba por inteiro, e reflita sobre tudo o que te representa. que comece a aceitar os seus defeitos pra só então ser melhor, a respeitar o seu tempo. que você possa acolher quem você é, em vez de se maltratar ou carregar bagagens que não são suas.

destranque a porta do teu peito pra se receber sem medo de como você estará. você vai ficar bem.

você precisa aceitar que merece mais do que carregar consigo as suas tentativas que não deram certo. você merece se dar carinho agora.

não importa se algo ainda te lembra alguém, se tudo isso ainda dói, se a saudade ainda é latente e se você não consegue enxergar até agora o momento em que você perdeu o trilho. não importa se você se sente meio perdido porque ainda existe um acúmulo de coisas
que você apressa pra se desfazer. você vai criar novas lembranças e significados que vão lembrar outras coisas.

e apesar do medo de nunca gostar de outra pessoa, de nunca mais conseguir voltar a gostar de quem você é, tá tudo bem, a gente fica com medo de voltar a viver. isso vai passar.

acho que, às vezes, as coisas fogem do nosso alcance, entende? nem sempre a gente consegue manter alguém, e eu sei que, por mais óbvio que isso pareça ser, a gente nunca se sente confortável vendo alguém que a gente gosta indo embora.

talvez porque a gente não saiba, de imediato, o que fazer com o que fica, ou nunca tenha certeza do que o outro vai fazer com o que foi com ele. e, sei lá, talvez a única certeza que a gente tenha é de que pra entender é necessário voltar pra si mesmo.

então, volte.

coisas que a gente perde no caminho:
fios de cabelo.
uma roupa que passa a não servir mais.
um medo que a gente troca por outro.
pessoas.

e, às vezes, a gente.

ACHO QUE A GENTE NÃO TEM QUE FINGIR NADA. A GENTE NÃO É OBRIGADO A SORRIR PRA QUEM ENTROU NA VIDA DA GENTE E FODEU ELA. A GENTE SÓ SEGUE EM FRENTE ATÉ QUE SE TORNE INDIFERENTE.

fiquei sabendo que você andou falando bem de mim por aí. e eu até falaria bem de você também, se tivesse motivos pra falar. mas prefiro ser indiferente a isso tudo que você me deu, e que por um momento eu achei que fosse o que eu merecia.

você disse que deseja o melhor pra mim. e, de verdade, eu desejo o melhor pra mim também. eu desejo que eu nunca perca a minha essência. que eu nunca abra mão de mim por ninguém nesta vida. que eu sempre me trate como prioridade e que jamais aceite qualquer coisa que me ofereçam.

eu desejo que eu continue sendo assim, forte, resiliente, e com coragem de ser verdade e afeto. eu desejo ser inteiro pra quem passar por mim. e eu desejo também nunca ter receio de esconder as minhas marcas, porque foram elas que me transformaram, entende? e eu sou grato por ser essa metamorfose ambulante. por renascer mesmo quando me arrancam as raízes.

o que importa agora é o que eu desejo pra mim. e eu desejo continuar tendo orgulho de ser quem eu sou.
pra você eu não desejo nada.
é indiferente.

e, sinceramente, acho que a gente não tem que fingir nada. a gente não é obrigado a sorrir pra quem entrou na vida da gente e fodeu ela.

a gente só segue em frente.
até que se torne indiferente.
e é tudo indiferente agora.

A GENTE SE PERDEU, MAS EU ME ENCONTREI.

você foi péssimo comigo, e você sabe disso, não é?

em algum momento você vai se ouvir,
e talvez entenda o peso disso tudo pra mim.

eu até fiquei mal alguns dias, perdendo o meu tempo procurando respostas pro que nem estava ao meu alcance. tentando corrigir um erro que nem foi meu. limpando uma merda que nem fui eu que fiz. mas chegou a hora de partir, eu sei.

uma hora a gente precisa encarar tudo isso com maturidade e menos rancor. e não é sobre esquecer o que você causou, é só sobre lembrar que eu não tenho que continuar me maltratando, sabe? nem eu, nem você.
agora tô aqui refletindo sobre o que foi feito e o que foi vivido.

e, de verdade, eu sei que não posso apagar o que aconteceu de bom. e nem quero. melhor me lembrar da gente até o momento em que a gente acertou. o que veio depois disso não precisa ser tocado porque já está marcado. o resultado foi a nossa partida e disso a gente não tem como se esquecer jamais.

quem sabe a gente se encontre por aí. você seja outro e eu também. porque quem somos hoje não tem compatibilidade. e, caralho, não sei o que é mais desesperador, se é a palavra incompatibilidade pra nos definir agora, ou se foi a gente se prolongando por acreditar no amor, e por achar que dessa vez ele nos abraçaria, que dessa vez iria dar certo e que a gente seria imbatível neste mundo.

a gente se perdeu,
mas eu me encontrei.

por aqui você está perdoado. e, eu juro, até tentei te cancelar ainda que a marca que você deixou não tenha sarado de fato. tá perdoado. estamos seguindo em frente como tem que ser. e foi incrível, sim, até você não conseguir ser mais.

cheguei a uma conclusão: quando alguém esfria contigo depois que te conquista,
é porque essa pessoa acha que o fato de te ter já é o bastante. e poucas pessoas se interessam em manter a conquista diária. porque pra isso precisa de um esforço a mais.

ter e manter são coisas diferentes.

OBRIGADO POR SER VOCÊ.

por você se mostrar vulnerável, por dizer quando está sentindo algo e não cometer a injustiça de achar que eu devo saber de absolutamente tudo o que você sente e não diz.

obrigado por assumir o risco de escancarar as paredes do seu corpo, por me deixar ver as suas marcas, por exibir as suas falhas mesmo com medo de me ver partir.

obrigado por ser assim, tão transparente a ponto "deu" sentir o teu toque em mim quando eu te toco. tão de verdade que, eu juro, até agradeço por todo mundo que não ficou, porque o espaço em mim parece que foi feito pro teu abraço.

obrigado por me lembrar, no instante em que me faz rir, que existe um motivo pra eu querer estar contigo.
e esse motivo é bonito demais, tem os melhores lábios, e um peito bom pra se morar. esse motivo tem nome.
e é você.

obrigado por você ser você e me permitir ser quem eu sou, por não desistir de mim na primeira oportunidade, por me perceber com o carinho que, às vezes, eu esqueço de me olhar.

obrigado pelas vezes em que disse: eu vou contigo também.
porque isso me faz perceber que ir comigo é bom,
e que te incluir nisso é foda também.

obrigado por ser alguém diferente de todo mundo que já passou por mim,
por ter cedido, por ter compreendido, porque o amor é sobre isso.
é sobre entender que a gente nunca vai ser um só,
que a gente jamais vai ser igual, mas que a diferença precisa ser respeitada.

pra mim, quando alguém diz "obrigado por ser você", é uma das coisas mais bonitas que existem. porque o outro te ama e aceita quem você é.

quando me permito gostar de alguém,
é porque eu quero aquela pessoa na
minha vida.
e darei o meu melhor.

eu fico muito mal quando percebo que
o outro não merece quem eu sou, sabe?
fico mal não por saber que mereço mais,
mas por entender que, quando deixo de
gostar, não tem volta.

sabe do que você precisa?

beber água pra se manter hidratado.
cuidar da sua pele. hidratar os cabelos.
comprar um creme cheirosinho pra
passar no corpo.
cantar no chuveiro. comer frutas.
bloquear alguns contatos.
parar de stalkear quem não deve.
e usar mais a expressão "foda-se".

SUPERAR É UM PROCESSO.

você não tem que se sentir mal por não conseguir tirar alguém da sua vida por completo. aos poucos a gente vai mudando as coisas de lugar. preenchendo os espaços.

é um processo,
e todo processo é meio doloroso.

ninguém fica bem de uma hora pra outra. ninguém se cura de um dia pro outro. ninguém se sente perfeitamente inteiro na manhã seguinte. aos poucos a gente vai mudando as coisas de lugar. preenchendo os espaços.

a gente vai enxergando o que precisa ser prioridade, e, então, a gente vai entendendo que priorizar aquilo que faz mal é uma péssima escolha.

a gente começa a abraçar o que restou da gente. e entender que é a partir disso que a gente vai se reconstruir. que pode até parecer que não sobrou nada ou que a gente não consegue seguir. mas consegue, sim.

e o amor é sobre isso.

é sobre se ver chorando e estar ali, do nosso próprio lado, pra dizer que vai ficar tudo bem. talvez não amanhã. talvez não exatamente na semana que vem. mas uma hora vai ficar bem, sim. a gente só precisa ter coragem pra dar o primeiro passo. porque o amor é sobre isso. sobre se dar a certeza de que você vai se regar, e que o processo não vai ser fácil, mas você não vai desistir.

o amor é sobre isso. sobre resistir.
e resistir faz parte do processo.
e dói mesmo. mas sabe por que dói?

porque a tua alma começa a entender mais sobre liberdade e sobre se libertar do que pesa no teu peito. teu coração começa a se expandir, porque o autoamor vai te exigir mais espaço. e você vai se redescobrir. vai ressignificar suas dores pra que elas não te coloquem medo, mas te inspirem a ser alguém ainda mais forte.

o amor é sobre esse processo de se desconstruir para reconstruir.
sobre você acordar todos os dias com a decisão de se cuidar. e, até você aprender a se cuidar, vai doer.

mas vai ser incrível!

ATÉ TENTEI CONTINUAR GOSTANDO DE VOCÊ, MAS VOCÊ NÃO COLABOROU.

quando me permito gostar de alguém, eu estou também me permitindo ser leal com o outro, ser sincero, ser intenso, ser eu. não faz sentido eu dar aquilo que não quero pra mim. e é por isso que eu levo muito a sério ser recíproco. também não faz sentido aceitar aquilo que eu acho que não mereço.

e eu te queria muito.
mas você não colaborou.
os meus amigos sabem como eu queria continuar gostando de você. falei mais de você do que de mim nos últimos meses, lamentei o nosso término, por mais que eu estivesse machucado, eu ainda carregava comigo uma leve e tênue vontade de gostar de você.

mas a razão dizia que não. os meus amigos mais próximos não me reconheciam mais, porque eu sempre soube o que queria. e querer gostar de você me deixava confuso. me colocava distante de mim.

eu queria continuar gostando de você.
mas sabia que não dava mais.

as possibilidades se esgotaram. as tentativas de consertar toda a bagunça pareciam mais um curativo pra estancar uma rachadura maior do que eu queria sentir por você.

e foi aí que eu me percebi. tentando ir pra um lugar que não me cabia. querendo ficar em um espaço nada confortável. aceitando qualquer coisa pra aliviar a dor que eu sentia por querer gostar de você e não poder só por ser o caminho mais fácil.

eu até queria continuar gostando de você. mas sabe por que eu não podia? porque pra isso eu teria que abrir mão de gostar de mim. e o erro nisso tudo era justamente continuar querendo gostar de quem não gosta de mim.

é fácil gostar quando o outro tá bem.
é fácil gostar enquanto o outro
responde às suas expectativas.
quando o outro está nos dias bons.

difícil é continuar gostando quando o
outro está mal,
quando o outro não corresponde à sua
projeção, né?

eu nunca vou me arrepender por ter sido eu.
por ter dado o meu melhor. por ter sido foda.
por ser afeto da cabeça aos pés.

que se arrependa quem só dá o mínimo,
o superficial, o fútil!

TÁ TUDO BEM SENTIR SAUDADE DE VOCÊ, PIOR SERIA SENTIR SAUDADE DE MIM.

ultimamente tenho feito algumas viagens dentro de mim mesmo. me reconheci em alguns reflexos dos meus erros e mudei a maneira como me enxergava pra parar de me ver com culpa e passar a me perceber com respeito e afeto. eu não quero mais viver cada parte de mim como se não fizesse mais sentido só porque você não ficou. eu quero ter a consciência de que eu existo pra mim e sou humanamente capaz de seguir sozinho. de ser sozinho. e principalmente de me amar sozinho.

no meio do caminho encontrei o orgulho, e percebi o quanto eu deixei de dizer o que sentia por medo do que você iria fazer com isso. o medo de ser vulnerável me fez tantas vezes deixar de ser eu mesmo. entendi que fingir ser forte não me faz forte de fato.

eu não quero mais ser refém das minhas vulnerabilidades. abracei as minhas fraquezas e os meus momentos em que desaprendi a ser racional. as emoções falaram mais alto porque a paixão corria pelo meu sangue e não há muito o que fazer quando isso acontece. então eu decidi parar de me culpar por isso também. por ter feito muito por você.

em vez de me trazer pra perto de mim, quantas vezes eu me distanciei? só por ter cometido o erro de depositar no outro a minha confiança. é injusto continuar me tratando assim porque é exatamente isso que a gente faz quando está amando. e ainda existe muito em mim quando alguém me quebra; eu posso me reconstruir. dói, mas eu posso. e eu vou.

prometo pra mim mesmo que, de agora em diante, quando sentir saudade de você, eu vou me lembrar de quem eu fui e de tudo o que faço por amor. e me lembrar também de que existe um limite do que fazer por alguém, e esse limite é até onde eu me sinto bem. é disso que eu tenho que ter orgulho. é isso que precisa ser meu norte.

tomei coragem de desfazer algumas coisas, porque isso também é uma maneira bonita de me reorganizar pra me receber de volta. eu não mereço me sabotar buscando entender o que não aconteceu. nem carregar comigo bagagens de uma culpa que não é minha. e eu não quero mais me distanciar de quem eu acredito ser.

eu levei isso por tempo demais.
tá tudo bem sentir saudade de você,
pior seria sentir saudade de mim.

EU VOU NO MEU TEMPO. E, DE VERDADE, NÃO VOU ME CULPAR POR VOCÊ IR NO SEU.

a verdade é que o teu amor era fraco. e foi por isso que, com a mesma facilidade que você prometia, não conseguia cumprir. era por isso que mentia pra mim com tanta dedicação. se eu fosse principiante nesse jogo de cinismo, eu até acreditaria.

é verdade também que eu lamentei pelo término. eu vivi alguns dias me sabotando e acreditei em um retorno mesmo depois de entender que o meu destino era seguir em linha reta pra bem longe de você. faltava aceitar. eu fiquei parado me dando o tempo que merecia pra entender as coisas, enquanto observava você forçando a barra pra mostrar que estava seguindo.

eu olhava pra você e te via indo.
bebendo seu vinho.
sorrindo.
procurando novas pessoas.

e então eu olhava pra mim e me cobrava: "por que você não consegue seguir, caralho?! por que você ainda mastiga esse fim? por quê?".

depois eu entendi que cada pessoa tem o seu tempo. e essa é a minha maneira de seguir em frente. aos poucos. me dando o *time* de que eu preciso pra me reorganizar direito e por inteiro. eu mastigo, até esgotar todas as possibilidades.

eu sinto muito. eu vou no fundo do poço pra reconhecer as minhas marcas, pra tocar as minhas feridas, pra me compreender melhor. depois emergir, seguir em frente e ficar bem.

então, meu bem, essa é a parte que eu compreendo que a sua maneira de lidar com tudo isso é diferente da minha. que o fato de você, aparentemente, ter seguido em frente rápido demais, talvez só reflita a sua maneira de resolver as coisas. de como você lida com tudo isso. essa mania de se achar resolvido se acumulando pras próximas relações.

eu vou no meu tempo. e, de verdade, não vou me culpar por você ir no seu. vou com calma. dia após dia. carregando comigo a única certeza que eu tenho de tudo isso, a de que eu fico bem.

SE IMPORTE COM QUEM SE IMPORTA COM VOCÊ.

este ano eu conheci e me envolvi com algumas pessoas que não foram nada recíprocas. e eu fui percebendo como eu ainda achava que essas pessoas mereciam estar na minha vida.
eu sabia quando não estavam a fim, e mesmo assim eu fingia não saber. eu sabia quando não estava sendo retribuído, mas mesmo assim eu continuava achando que uma hora o outro iria corresponder.

até entender que as coisas não funcionam assim. eu não tenho o poder de fazer ninguém me dar aquilo que deveria ser espontâneo. se a pessoa me quer, ela simplesmente vai querer e vai agir. se a pessoa realmente sente saudades, ela vai ter interesse em estar por perto. se a pessoa de fato quer estar comigo, independentemente das suas prioridades, ela vai ter um tempo pra responder à minha mensagem, pra me chamar pra sair, pra se lembrar de mim.

fora isso, eu não tenho que me desgastar tentando por mim e pelo outro, sabe?

quando a gente aprende a considerar só quem considera a gente, a estar só com quem faz questão da nossa presença, a ir até quem também vem, tudo fica mais leve e fluido.

você não precisa acumular pessoas na sua vida por capricho. é muito foda estar com pessoas que realmente se importam. é assim que a gente aprende, na prática, a se importar com a gente mesmo.

eu estava aqui pensando que na maioria das vezes em que a gente implora por algo e faz papel de trouxa é porque a gente não consegue lidar com o fato de que o outro não está tão a fim da gente. a gente sabe, mas não consegue aceitar e admitir.

é só o ego da gente insistindo em ficar.

seria mais simples a gente admitir: "*okay*, alguém que eu quero não me quer. resta seguir o baile e ficar bem". em vez de tentar fazer alguém, que claramente não quer a gente, querer! não vai fluir!
e é melhor que não flua mesmo.

AMOR-PRÓPRIO É QUANDO VOCÊ OLHA PRA SI MESMO E DIZ: "TÁ TUDO BEM, EU TÔ CONTIGO AGORA, AMANHÃ E ATÉ O FIM".

amor-próprio não é você achar que só você é incrível e todo o resto não é. amor-próprio é você reconhecer que você possui a sua individualidade. é saber respeitar isso e entender que você não merece ninguém que faça você se perder de si mesmo. e, além disso, compreender que o outro também tem a sua individualidade, que o outro também é alguém merecedor de afeto, que o outro também pode ser alguém incrível. pode não ser pra você, pode não merecer o seu afeto, mas talvez seja pra outra pessoa.

amor-próprio não é você se achar superior a todo mundo. porque você também erra, você também tem defeitos e anseios. amor-próprio é você olhar pra si mesmo, é se aceitar por completo e entender que você merece o melhor dos outros porque é isso que você tem pra dar. se alguém não está disposto a te dar o melhor, você recolhe a sua pessoa e segue.

amor-próprio te faz seguir em frente sempre que preciso for, não porque ninguém consegue te fazer ficar, mas porque você prefere ir em busca do que te traz paz. e você entende que, muitas vezes, essa paz vai estar em sua própria companhia. e só.

amor-próprio é saber respeitar o teu tempo. é entender que a gente é vulnerável e, inevitavelmente, por mais maduro que a gente seja, acontece de se relacionar com quem vai desequilibrar a gente.

amor-próprio é se abraçar mais, e se acolher mais quando isso acontecer. quando a gente perceber que extrapolou nas expectativas, quando a gente notar que ficou mais tempo do que deveria, aceitando o que não merecia. o amor-próprio te faz compreender que a única necessidade que você tem pra se preencher é você mesmo! os outros são ponte e complemento da tua viagem.

amor-próprio é quando você leva a sério o que você sente, quando você respeita quem você é, porque isso vai te fazer enxergar quem merece receber o teu amor. amor-próprio também é quando você não se culpa por ter se envolvido mais uma vez com alguém que não te considerou nem respeitou o que você sentiu. é quando você olha pra si mesmo e diz: "tá tudo bem, eu tô contigo agora, amanhã e até o fim".

é quando você dá as mãos pra si mesmo e tem coragem de partir de tudo aquilo que te consome.

amor-próprio é uma construção diária. a gente não vai dormir hoje e acordar amanhã se amando tanto a ponto de não cometer o erro de se envolver com gente babaca. porque isso vai acontecer. você se amando ou não. mas a diferença é que, quando você se ama, não permanece com nada que te machuca.

porque dá um trabalho danado se amar.
e quando a gente se ama, não fica ninguém que não seja capaz de amar a gente também.

**escolha você sempre que alguém
não te escolher.
escolha você em qualquer hipótese.
escolha você hoje. amanhã.
e depois também.
escolha você sempre.**

DEVE SER MUITO CHIQUE ESTAR NUMA RELAÇÃO COM ALGUÉM EM QUEM VOCÊ PODE CONFIAR, QUE TE CONTA A VERDADE, QUE AGE COM TRANSPARÊNCIA E SINCERIDADE, QUE NÃO TEM CORAGEM DE MACHUCAR E QUE HONRA O QUE FALA, NÉ?

quantas vezes você foi foda pra alguém que só te usou? quantas vezes você deu tudo de si por uma relação que não te merecia? quantas vezes você deu fidelidade, sinceridade, afeto, e, no fim, recebeu o contrário disso?

eu já perdi as contas de quantas vezes esbarrei em gente cuzona no meio do caminho. mas, apesar de tudo, eu tenho um orgulho do caramba de ter sido quem eu fui, de continuar sendo quem eu sou, e de ter a certeza de que eu serei incrível para as próximas pessoas que vierem. independentemente do que façam ou sejam pra mim.

independentemente do quanto me fizeram de idiota. independentemente de quantas vezes eu me enganei, me iludi, me perdi, ou duvidei da minha capacidade de amar novamente só porque alguém não aprendeu ainda o que é o amor.

e eu não tô aqui pra culpar ninguém pela imaturidade que tiveram comigo, pela irresponsabilidade afetiva, ou por simplesmente não conseguirem ser humanos antes de entrar numa relação.

eu tô aqui pra olhar pra mim e me abraçar. com coragem. com sorriso no rosto. com o peito aberto cheio de orgulho por ter sido amor em tudo que eu entrei.

porque é isso que vale a pena no fim das contas. ter a consciência tranquila por não ter bagunçado a vida do outro, por ter somado, por ter deixado uma marca bonita, mesmo que o outro tenha deixado um arranhão no meu peito, sabe?

no fim das contas não é sobre ter medo de me envolver outras vezes. porque, inevitavelmente, a gente vai se envolver com gente sem interesse de ser foda na vida da gente. e tá tudo bem.

um dia alguém incrível me encontra por aí. só espero que eu seja a mesma pessoa incrível de sempre.

SEJA MAIS GENTIL CONSIGO MESMO.

uma das coisas mais importantes que aprendi na vida foi ser gentil comigo mesmo. ser gentil pra não me cobrar tanto por coisas que não estavam ao meu alcance. ser gentil pra entender que o fim, às vezes, acontece mais rápido do que a gente imagina, que a dor é uma consequência da entrega, e que recomeçar é o caminho pra me reconstruir e me tornar melhor.

ser gentil pra me olhar com mais afeto em vez de tentar me culpar pelo que sinto. ser gentil pra entender que tudo o que sinto faz parte de mim, e eu preciso me abraçar por inteiro.

ser gentil pra entender que nem sempre as coisas vão sair como eu desejo. que às vezes as minhas expectativas vão me frustrar e que eu preciso compreender isso em vez de me sabotar tanto.

ser gentil pra aceitar que a vida é um processo. a gente não fica bem o tempo todo, como também a gente não vai ficar mal por tanto tempo. talvez apenas pelo tempo necessário pra gente se reencontrar e renascer, sabe?

ser gentil pra não me culpar por sentimentos que eu não gostaria de sentir. porque eu terei dias de revolta, dias em que o rancor vai me incomodar, dias em que as minhas paranoias vão me tirar o sono, dias em que as minhas inseguranças e os meus medos vão me fazer me distanciar de mim mesmo.

e tudo, absolutamente tudo, faz parte de um contexto maior. eu preciso ser gentil comigo mesmo pra entender que eu vou passar por processos, às vezes dolorosos demais, até sair do casulo e seguir em frente.

a gente precisa ser gentil e aceitar os acasos,
os fins, as tempestades, as quedas, os processos, em vez de se culpar tanto.

ser gentil com a nossa mente. com o nosso corpo. com a nossa saúde emocional. e entender que a gente está em constante transformação. o que se foi dará lugar ao que virá. ser gentil pra ressignificar o que de ruim nos fizeram.

e transformar as marcas em nova pele.

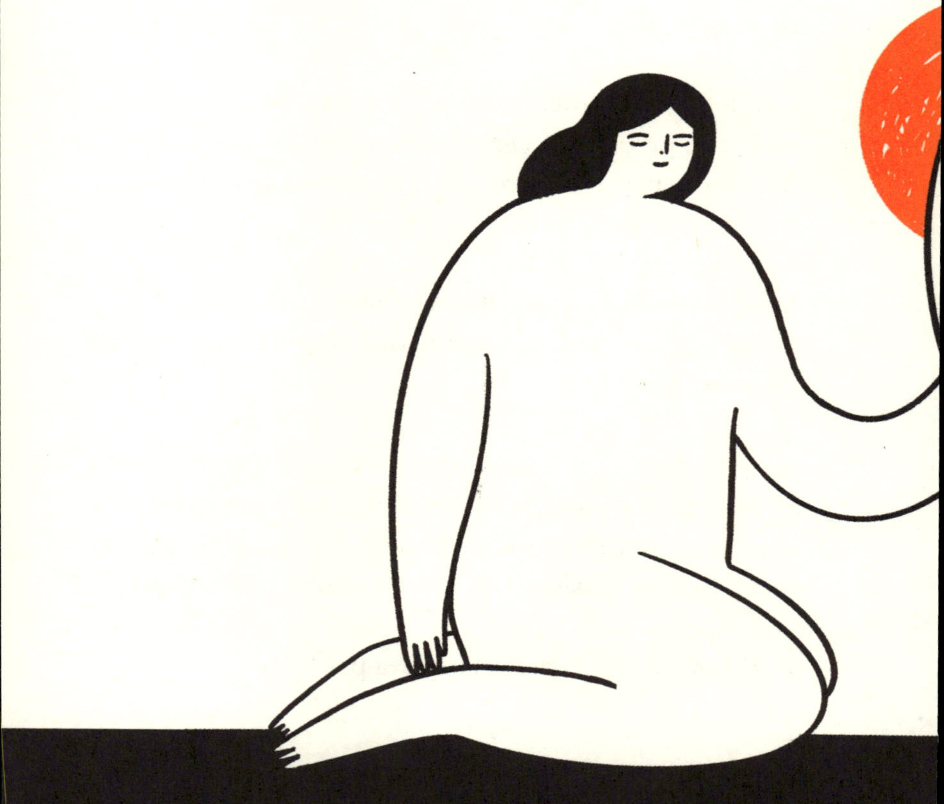

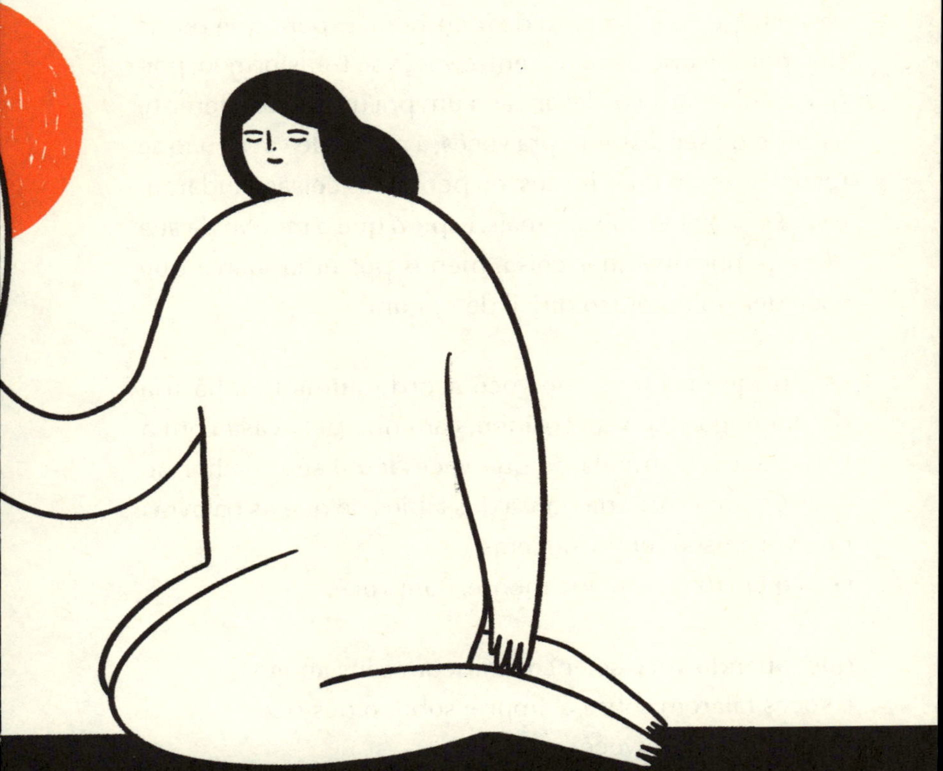

NÃO SEJA UM AMOR QUE NÃO GOSTARIA DE TER.

caso chegue o momento de ir embora, espero que tenha sido porque o sentimento entre vocês se transformou, porque a vida tratou de levar cada um pra um lugar diferente a ponto de ser distante pra vocês, a ponto de vocês não se reconhecerem mais juntos, ou porque as coisas mudaram e vocês não se encaixam mais. espero que o motivo da sua ida seja por qualquer coisa, menos por uma marca que você deixou no outro difícil de se curar.

espero que mesmo que você acorde numa manhã fria de domingo e se veja sozinho, caminhe pela casa com a consciência tranquila de que você deu o seu melhor ao outro, com o gosto na ponta dos lábios de que as palavras que você usou foram sinceras.
com o outro e, principalmente, com você.

que, quando você se encontrar com seus amigos
e vocês falarem sobre o amor e sobre o desastre
das relações que vocês viveram,
você consiga ter orgulho de não ter sido o desastre na vida de alguém.

ou possa sentir na garganta o gosto doce de alguém que foi incrível com você.

que você possa ser aquilo que inspira a gente a continuar, a se permitir ser intenso com alguém outra vez. por acreditar no amor. porque foi bom com você e pode ser bom com os outros também.

que você não seja como aquele silêncio que tira o sono por dias, por semanas e, às vezes, por meses. que seja a razão pela qual o outro vai ter fôlego pra seguir em frente e tentar de novo, e mais uma vez. mesmo que não seja mais com você.

que você seja o motivo pra que o outro não perca a coragem de ter novos recomeços. que você não seja o motivo do medo de alguém, e sim da coragem.

que você possa ser aquela pessoa que o outro terá orgulho de ter tocado e se deixado tocar. que deixa no outro uma marca bonita sem espaço pra mágoa e pra dor. afinal de contas, minha gente, acho que o problema não é ir embora do outro, não é ter que lidar com mais um fim nem se ver mais uma vez tendo que recomeçar. o que dói mais é ir embora de alguém por ele não ter sido honesto ou ter que deixar alguém ir embora de você porque você não foi sincero com o outro nem, principalmente, consigo mesmo.

uma vez implorei pra que o outro prestasse atenção no que eu falava, pedi pra que o outro considerasse o que eu sentia.
e pedir as mesmas coisas me cansava.

foi aí que eu percebi: implorar por qualquer coisa
que deveria ser recíproca é um erro gigantesco!

normalizem o "te amo, mas não gosto mais de você".

porque, às vezes, acontece de amar alguém, amar muito, pra caralho, ter vontade de ficar com a pessoa, mas sentir que precisa ir, que não dá mais pra ficar, porque ficar dói, desestabiliza, machuca. e não precisa ser assim.

EU ADMIRO A FORÇA DE ALGUÉM QUE SOBREVIVE E RESISTE COM ANSIEDADE.

eu admiro todas as vezes que você resistiu à sua autossabotagem e tentou por você. todas as vezes que você teve coragem de dizer pra si mesmo que conseguiria mesmo que a ansiedade tentasse te engolir por inteiro e a tua insegurança parecesse ser maior que a tua força.

eu admiro você pelos dias que você não abriu mão de si, mesmo que a ansiedade tenha feito você duvidar da sua capacidade e do seu tamanho. eu admiro você pelas noites em que você chorou, mas levantou no outro dia e tentou outra vez, por você.

eu admiro esse seu autoamor. porque você, mais do que ninguém, sabe que precisa de si mesmo pra passar pelos dias ruins e pelos seus momentos mais tempestivos. eu admiro você por carregar consigo aquele resquício de afeto que é o suficiente pra que você continue. pra que tente outra vez, de novo, e mais uma vez.

eu admiro a sua bravura em mostrar quem você é, mesmo que você entre em guerra com você mesmo e tropece nos próprios passos.

eu sei como é sentir como se algo estivesse te mastigando aos poucos, comprimindo os seus planos e desdenhando da sua capacidade. eu sei como é sentir medo sem saber o motivo. como é se apavorar com os próprios sentimentos. dói. e dói pra caralho.

eu não sei como você tem se tratado nos últimos dias, mas eu só queria te dizer que o amor é sobre isso. sobre esses instantes de coragem, sobre essas tentativas de continuar seguindo por você, de cravar o teu peito e enraizar amor em teu caminho. sobre você cuidar de si, mesmo depois de tanto ter se maltratado.

eu admiro a sua força.

A PRIMEIRA VEZ QUE AMEI
E TIVE QUE DEIXAR IR DOEU
PRA CARAMBA. A SEGUNDA
DOEU POR MENOS TEMPO.
A TERCEIRA, MENOS AINDA.
PORQUE EU SABIA QUE
IA SARAR. A GENTE VAI
PERCEBENDO QUE PASSA. QUE
CURA. E QUE A GENTE FICA BEM.

aprendi algumas coisas seguindo em frente:

a gente sobrevive e se transforma.
algumas coisas mudam de lugar e a gente aprende a ressignificar outras.

a gente precisa abrir espaço pro amor se expandir, sabe? e esse processo, às vezes, requer coragem pra deixar ir ou partir.

a gente vai descobrindo a capacidade de se apaixonar outras vezes,
de sentir a intensidade do amor outras vezes, de acolher outras pessoas.

e a gente não precisa ter medo disso. a gente não tem que ter receio de se jogar novamente.

eu já cheguei a pensar que eu tinha me transformado em alguém impaciente e exigente. e, sim, talvez eu tenha mesmo me tornado um pouco disso. não tenho mais paciência pra ficar onde não me cabe, pra insistir em quem parece não me querer. e sou exigente pra caramba, não aceito nada menos do que eu acho que mereço.

eu deixo partir.
eu parto.
eu abro mão de tudo o que não me traz paz
ou tenta desequilibrar a minha vida já tão desequilibrada.

a gente vai percebendo que a gente fica bem. pode durar um tempo. pode custar umas lágrimas. mas a gente sempre fica bem.

a gente não tem que ter medo de se machucar, a gente só tem que ter coragem de se reerguer, de amar a gente por completo, de abrir mão e de aceitar nada mais nada menos do que tranquilidade.

às vezes é só sobre aceitar.

aceitar que a gente tem que se retirar do meio do caminho e deixar ir.
aceitar que o amor não é um contrato de permanência.
aceitar que pode doer a cada despedida, mas a gente sobrevive.
e pra sobreviver a gente precisa aceitar.

EU ENTENDI QUE O FATO DE VOCÊ TER FEITO TANTA MERDA NÃO FOI PORQUE VOCÊ NÃO ME AMAVA. FOI PORQUE VOCÊ NÃO SE AMAVA O SUFICIENTE.

esse foi o problema. você achar que estava pronto pra amar alguém de verdade e me incluir nisso. a merda toda foi você não ter olhado pra si. foi você ter mentido pra você dizendo que era amor o que sentia por mim, quando, na verdade, faltava você sentir amor por você.

e foi por isso que deu merda.
deu merda porque você estava meio vazio. aceitando o meu amor pra se sentir um pouco mais preenchido enquanto alimentava o teu ego e achava que isso era o suficiente.

eu espero que você compreenda que o amor não é para os fracos. a gente não ama por conveniência. a gente não deve amar só pra se sentir acompanhado. isso é carência. o que faz a gente querer ficar ou partir não é exatamente o que a gente sente por alguém, mas, sim, um pouco do

que a gente sente pela gente e do que o outro nos proporciona sentir.
amar é sobre saber ser você mesmo, e ser você mesmo sem machucar o outro. compreende?

eu espero que você entenda que, quando alguém te der amor, gratuito e verdadeiro, você não deve apertar forte. você abraça. você cuida pra que aquilo continue te inspirando. e eu realmente desejo que você possa, um dia, se sentir inspirado pelo amor. movido pela magia de olhar pra alguém e se sentir dentro de você, perceber que algo está vivo e que percorre todos os cantos do teu corpo.

só não venha me dizer que as pessoas erram, como se as suas escolhas justificassem as suas merdas. porque eu sei, todo mundo erra. mas não é um erro quando você escolhe machucar de propósito.

não me diga: "ah, mas ninguém é perfeito".
eu até concordo contigo, todo mundo tem defeitos, mas você só precisa ser de verdade.
que você saiba ser amor. e ser respeito.
porque ninguém vai te ensinar a amar.

você jamais vai aprender o que é o amor
sem antes enxergar o que falta em você primeiro.

eu espero realmente que você consiga, um dia, ter a delicadeza de olhar nos olhos de alguém e dizer que ama, mas não somente com a boca, e sim com o coração, sabe?

desejo que amadureça de verdade. que esteja aberto pro amor como eu estive quando você passou por aqui. que você seja adulto e responsável com os seus sentimentos e, acima de tudo, verdadeiro consigo mesmo e com o outro.

que você não seja assim mais uma vez. vazio.

eu espero realmente que você possa sentir o perfume de alguém ainda que essa pessoa esteja longe, que você consiga receber uma mensagem e o teu coração vibre junto como se fosse uma notificação. que você possa provar o sabor do amor e saber que ele não fere, ele cura.

foi ele que me curou de você.

quando alguém te machuca, isso não dói no outro, mas, sim, em você! o outro pode até dizer que sente muito, mas só você sente muito na verdade.

entende? então você é a única pessoa capaz de se curar disso. o outro vai continuar vivendo a vida dele normalmente, você precisa viver a sua.

UM TEXTO SOBRE A ÚLTIMA CONVERSA QUE EU TIVE COM A PESSOA QUE EU AMEI E FOI A PIOR DECEPÇÃO DA MINHA VIDA.

eu realmente gostaria de tornar isso público. agora que já passou. que nada dói. que isso se tornou algo irrelevante na minha vida e que a bagunça que causou já foi organizada. agora resolvi falar.

maturidade é sobre isso, né? é poder falar sorrindo do que um dia doeu sem se colocar em dúvida. é ter coragem de dizer o que você aprendeu. e, talvez, ensinar outras pessoas sobre o que um dia foi uma dor. e não é mais.

um dia desses eu vi uma frase rodando a internet: "o que você diria pra última pessoa que você amou?".

tudo o que eu diria eu disse olhando nos olhos e não me arrependo: "eu só queria que você soubesse quem eu fui nisso tudo. e acho que você sabe. você sabe que eu te dei o meu melhor. e você? se o que você me deu foi o seu melhor, eu não ousaria pensar qual seria a sua pior parte". eu realmente queria olhar nos teus olhos e dizer o que precisava ser dito. eu poderia ter te bloqueado, te enviado uma última mensagem mandando você ir se foder e nunca mais te ver. mas sabe por que eu escolhi assim?

porque eu queria jogar nos teus braços a merda que você tentou jogar nos meus. o que você me deu precisava ser entregue ao verdadeiro destinatário. comigo só ficaria o amor que eu aprendi a ter. o amor que você dizia ter talvez só servisse pra você.

e eu lembro que falei exatamente assim: "eu só quero que você saiba que você foi a minha maior decepção. e eu só quero que saiba que tudo o que eu dei foi de verdade. tudo o que eu fui até aqui foi real. você teve a oportunidade de viver isso e perdeu. e, de verdade, eu sinto muito por você. porque por mim, se for pensar bem, não perdi muita coisa a não ser um pouco do meu tempo. eu só desejo que você aprenda a ser bom pra alguém. que jamais repita com outra pessoa o que você fez comigo. e que, se alguém te encontrar por aí, que te encontre em uma outra versão. porque essa não tem muito pra somar.

até nunca mais".

não derramei nem uma lágrima sequer. mas por dentro estava chovendo. levantei a cabeça. me despedi com um beijo na testa. e saí sorrindo.

saí sorrindo por ter a certeza de que não estava perdendo nada.
estava ganhando naquele momento que deixei ir.

e dizer pra mim mesmo:

"autoperdão é sobre me enxergar e dizer: tá tudo bem, você fez o que pôde. agora você precisa seguir".

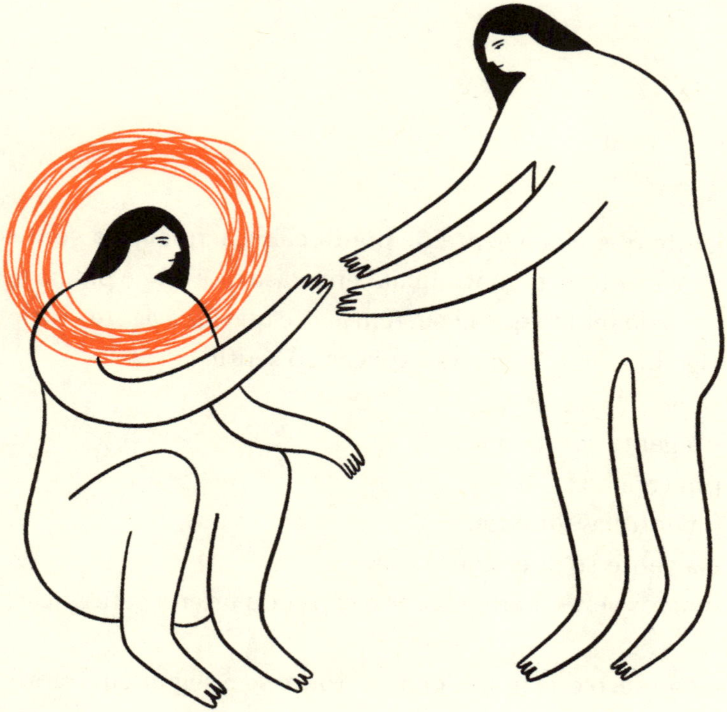

TEM GENTE QUE ENTRA NA VIDA DA GENTE DE PASSAGEM. SÓ PRA SOMAR E DEPOIS PARTIR.

gente que vira a gente de ponta-cabeça. que faz a gente se sentir leve. e ponto-final. tem coisa que não é pra ficar além do tempo que ficou. tem gente que faz a gente sentir algo bom. e não dá pra explicar. só sentir.

e a gente sente muito.
pra caralho.
incontrolavelmente.
e a gente só quer continuar.
mas, às vezes, nem o amor é capaz de fazer a gente ficar.

e não sei o que mais dói nisso tudo: se é seguir em frente com a certeza de que alguém foi algo bom pra mim, mas que isso não foi suficiente pra ficar, ou se é enxergar algo que podia ter dado certo, mas não deu. ou o "certo" seria o fim.
a vida tem dessas coisas também, né?
a gente que não consegue entender.

talvez aceitar seja o primeiro passo pra compreender que é muito mais bonito alguém que fica uma semana e abraça a gente do que alguém que fica por anos e bagunça tudo.

e é exatamente por isso que a gente precisa seguir com o peito aberto e a alma livre. não importam as pessoas que vão. porque o amor não é sobre insistir. o amor é sobre sentir. se você sentiu ou fez alguém sentir. o que importa é aquilo que fica com a gente. isso é o que transforma.

você decide quem sai e quem fica na sua vida.
você decide o que te afeta ou não.
você decide se curar ou se maltratar ainda mais.

se você acumular tudo, você vai viver a maior parte
da sua vida se maltratando.

é você quem decide o que fazer com aquilo
que os outros foram pra você.

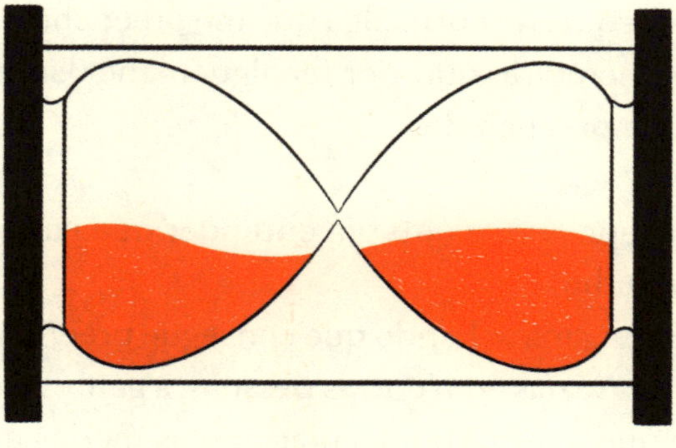

VOCÊ É TUDO O QUE VOCÊ TEM.

"não dá pra preencher o vazio com mais vazio", li essa frase por aí e comecei a pensar um pouquinho sobre ela.

pensei sobre quantas vezes eu tive medo do vazio que sentia e busquei no outro algo que me preenchesse e que me fizesse acreditar que, por ter alguém me dando afeto, eu já estava preenchido.

eu me decepcionei muito pra entender que eu sou tudo o que eu tenho.
a gente se engana achando que consegue preencher nossas estantes vazias com outras pessoas, a gente se engana achando que o outro pode curar nossos medos e nossas inseguranças. e eu até concordo que existem pessoas que fazem a gente se sentir em casa, mas se a gente não entender que a nossa verdadeira casa é o nosso próprio peito, a gente nunca vai se sentir satisfeito com a gente. a gente nunca vai entender que é dentro que a gente precisa cuidar primeiramente, nem vai compreender o valor de se observar pra se entender.

e se entender pra se ter.

enquanto você procurar no outro uma morada e ignorar que você precisa cuidar da sua, você nunca vai entender sobre o que é morar no seu próprio corpo.
você é tudo o que você tem.
incluindo os seus medos, as suas inseguranças, as suas falhas e, também, os seus vazios.

primeiro a gente aceita quem a gente é. depois a gente procura se preencher e florescer os nossos cantos. e só então, depois que se sentir pronto, a gente apresenta esses cantos pra alguém que esteja pronto também.

antes de tudo, você tem que compreender que você é tudo o que você tem.

É TÃO ESTRANHO VOCÊ OLHAR AQUELA PESSOA QUE UM DIA PARECEU SER O AMOR DA SUA VIDA E NÃO A RECONHECER MAIS. VOCÊ OLHA E NÃO SENTE MAIS NADA. AQUILO QUE VOCÊ PENSOU QUE JAMAIS SUPERARIA SE TORNOU ALGO INDIFERENTE, A PONTO DE VOCÊ NÃO ENTENDER COMO PÔDE ACEITAR AQUILO POR TANTO TEMPO.

um dia, aquilo que fez sentido pra você perde o encanto. aquilo que você achava que não viveria sem. você começa a perceber que, na verdade, você está melhor agora.

foi isso que eu senti quando te vi. quando você me enviou mensagens depois de tanto tempo falando em saudades.

quando, naquela noite, você veio até mim pra me pedir um abraço. quando ficou me olhando dançar e conversar com os meus amigos como se dissesse: "eu te quero de volta".

ainda bem que eu busco ser cada vez mais alguém com inteligência emocional o suficiente pra não ter que me ver passar de novo por coisas que você me fez suportar. eu tenho cada vez mais respeitado o meu tempo e abraçado as minhas transformações. tenho compreendido que a relação comigo mesmo deve vir antes de qualquer relação. e eu tenho levado isso a sério pra caramba, que eu tenho que me questionar se eu realmente mereço o que me dão, se eu preciso ficar no espaço que me oferecem e se, pra mim, é confortável estar ao lado de alguém.

se a resposta for não, eu sei o que fazer.

a gente sempre sabe o que fazer. e eu tenho aprendido a ter coragem de fazer o que eu sei que precisa ser feito. porque eu não quero colocar a minha estabilidade emocional em risco, eu não quero trocar a minha paz pela confusão de ninguém.
eu definitivamente não quero isso pra mim.
já tive pessoas assim. já provei relações assim. e recuso.

eu sinto muito se você não me levou a sério.
mas agora eu vejo que você entende, pois eu me levo a sério pra caralho.

A RELAÇÃO MAIS IMPORTANTE QUE VOCÊ TEM NA SUA VIDA É COM VOCÊ MESMO.

parece óbvio demais te dizer isso.

mas você é a única pessoa com a capacidade de organizar a sua bagunça, de dar o amor que você realmente merece. só você vai conseguir se acolher da melhor maneira. e só você pode recomeçar o seu próprio caminho.

ninguém vai, e ninguém tem a responsabilidade de fazer por você o que você mesmo precisa fazer.
você não tem que duvidar de si.
não tem que viver se maltratando por esperar tanto dos outros.
sobre as relações, não precisa ser pesado. você não merece se carregar de culpa.

você vai ser a única pessoa que vai estar
ao seu lado quando algo acabar.
você vai ser a pessoa que mais vai pegar
na sua própria mão e dizer pra si mesmo:
"eu tô contigo".

é você que você vai precisar ouvir,
pra enxergar as suas dores e encarar os seus medos.
é com você que você vai estar no fim de tudo.

eu só quero te dizer que:
você só vai se sentir rejeitado por alguém se a rejeição for uma verdade na tua vida.
se você vier se rejeitando.
você só vai se sentir insuficiente se não souber ser suficiente pra si.
você só vai achar que não merece afeto se você não entender que o afeto mais poderoso e renovador que você precisa você já tem. só precisa encontrá-lo dentro de si.

então comece olhando pra si mesmo com mais respeito e cuidado diante das suas quedas, estenda suas mãos pra você em vez de esperar que façam isso por você, recomece diante do caos, porque ninguém vai parar pra recomeçar por você.

e a única pessoa preparada pra te fazer sorrir de novo, adivinha?

é você.

**tô chegando à conclusão de que
quanto mais você se tem,
mais difícil é você ficar com alguém.**

**quanto mais você abraça a sua solitude,
menos você aceita permanecer em relações
que te tiram da paz de estar só.**

SE VOCÊ ESTÁ VIVO, SIGNIFICA QUE VOCÊ ESTÁ LUTANDO O SUFICIENTE. E SE VOCÊ ESTÁ RESISTINDO, VOCÊ É DIGNO DE ORGULHO.

existem pequenos motivos pra você sobreviver e razões pra você continuar, e eu vou te dizer por quê.

porque você quer sentir o teu peito quente outras vezes. porque, apesar do medo, a paixão faz você se sentir vivo. porque você sabe o quão magnífico é o afeto, e o amor te deseja de braços abertos novamente.

porque você quer ouvir a sua música favorita mais uma vez. porque os seus amigos te esperam nos próximos aniversários, porque você é importante pra eles e alguém nesse mundo quer continuar se inspirando em você. porque você tem pessoas que te amam e você ama pessoas também. então nada mais justo do que sentir isso de novo. e de novo. e de novo. ou porque aquele lugar que você deseja muito conhecer ainda te espera, se não nesse verão, no próximo quem sabe.

ou porque seus pets vão sentir a sua falta se você for embora. porque você precisa jantar a sua comida preferida outras vezes. porque aquelas plantas na sua varanda já se acostumaram com o seu cuidado.

porque a lua é absurdamente bonita pra você abrir mão de vê-la de novo. porque aquela banda que você gosta ainda vai lançar o disco novo. porque você ainda não viu a próxima temporada da sua série preferida. ou porque você precisa ver o seu time sendo campeão no fim do ano.

existem inúmeros motivos pra você seguir em frente.

porque você gosta de admirar as luzes dos fogos do ano-novo. ou porque você ama ouvir o barulho que a chuva faz sobre o telhado. ou porque você gosta da sensação de paz que o mar te traz. ou simplesmente porque o pôr do sol se supera a cada dia e você vai estar lá pra contemplá-lo de novo. tudo isso te espera outras vezes.

há de existir milhares de incríveis momentos pra você viver e recordar.
e, se você está vivo, significa que você está lutando o suficiente.
e se você está resistindo,
você é digno de orgulho.

DÊ UMA CHANCE PARA O AMOR TE ABRAÇAR NOVAMENTE.

se você não acreditar em você, no amor, nas possibilidades, você vai sempre estragar tudo. com qualquer pessoa que encontrar.

você precisa se dar uma chance e dar às pessoas a escolha de decidir ficar na sua vida. porque você sempre toma isso delas.

e você faz isso quando acha que ninguém se interessa por você. ou quando você se tranca no seu quarto porque tem medo que alguém, realmente, te dê o que você merece. ou quando você diz pra si mesmo que é melhor você partir dos outros antes que os outros partam de você. ou quando você se vê vulnerável demais e já começa a construir barreiras gigantescas em volta de si mesmo pra ninguém te tocar. e você sempre acaba atropelando os seus próprios passos, ou mergulhando em paranoias que acabam te distanciando de quem realmente tem interesse em te conhecer. de verdade.

você acha que vai dar merda. e então você já começa a procurar mil e uma razões pra desistir. você pensa em ir embora antes mesmo de chegar. porque você não consegue dar adeus, é sempre um processo louco e desgastante pra você abrir mão, eu te entendo. e você acaba colecionando pessoas que tinham potencial pra ser mais do que uma vaga lembrança.

e, então, as pessoas vão embora porque você não consegue se dar uma chance de abraçar o que o outro tem pra te oferecer. porque você não consegue permitir que o amor encontre o teu endereço. porque, apesar de você enxergar o amor como a razão pela qual você vive, você tem medo de dar ao outro o teu amor, por não saber o que ele vai fazer com isso.

eu sei que a gente se acostuma tanto com despedidas que, quando alguém chega e pede pra ficar, a gente não sabe como reagir.

mas dê uma chance para o amor te abraçar e te mostrar que existem muitas possibilidades que o teu peito ainda desconhece.

se dê uma nova chance pra recomeçar de novo, mais uma vez, e, se possível, mais outros milhares de vezes. porque vai ser necessário. a vida lá fora pede a tua presença e, por mais que você se perca no meio do caminho,
você se encontrará em alguma parte dele.
ainda mais forte.

deixa o amor te mostrar que lá fora existe alguém disposto a te aceitar como você é. a observar as suas marcas e, com cuidado, ouvir as suas dores sem pretensão de te machucar. e quando esse alguém chegar, pode ser que não fique o tempo que você queria, mas isso não significa que não será igualmente incrível.

o amor vai te ensinar sobre isso também.

seguir em frente não é sobre estar cem por cento bem. é sobre você saber que precisa ir, mesmo que doa, ainda que você não esteja totalmente recuperado, mesmo que algumas partes de você estejam machucadas. seguir em frente é sobre dar o primeiro passo.

e se você fez isso, você já está seguindo.

LEIA ESTE TEXTO. TODOS OS DIAS. AO ACORDAR OU ANTES DE DORMIR. TODA VEZ QUE DUVIDAR DE SI MESMO OU PENSAR EM DESISTIR.

deixa eu te dizer uma coisa: a força está dentro de você!

eu sei que quando a gente está mal a gente se esquece de cuidar da gente. de cuidar da nossa essência, daquilo que faz a gente existir no mundo. a gente não fala direito, não anda direito, não respira direito. falta fôlego pra seguir em frente.

mas, por favor, não permita que seja assim, não permita que isso aconteça com você.

todos os dias, você vai olhar pra si mesmo e vai se amar como ninguém foi capaz de te amar um dia. você vai se enxergar como ninguém nunca te enxergou. você vai se acolher como tantas vezes você só queria um abraço e ninguém estava ali pra isso. a partir de agora, a partir de hoje, você vai estar ao seu lado.

ainda que qualquer pessoa tente invadir a sua mente e te fazer acreditar que você é insuficiente. ainda que qualquer pessoa trapaceie e jogue fora os seus sentimentos. ainda que o outro vá embora como se você não tivesse sido nada, você vai estar ao seu lado.
você não precisa vencer o mundo, vença apenas no seu, e isso já é o suficiente.

tudo o que você precisa está dentro de você.

e esse aqui não é só mais um texto de autoajuda, é pra te dizer que você importa, sim! um dia eu estive onde você está agora e precisei de palavras que me acolhessem. este texto aqui é pra te acolher, tipo um abraço em forma de palavras, se é que isso é possível.
saiba que, se não houver certeza e vontade de vencer, nada vai mudar, nada vai acontecer.
eu acredito em você!

você é o suficiente!

se der errado, hidrate o cabelo,
cuide da sua pele, beba água
e valorize a pessoa gostosa que você é.

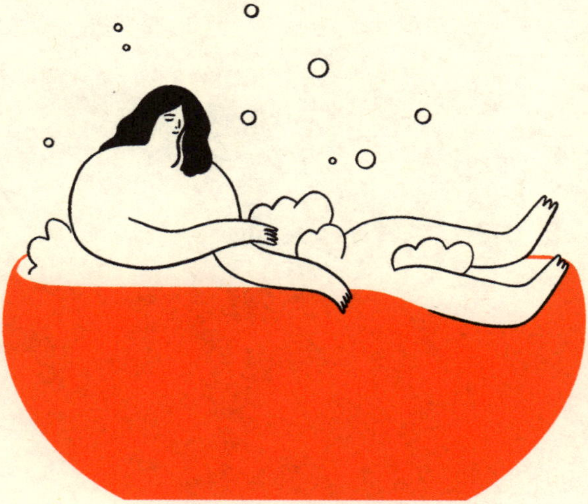

SÉRIO. EU ATÉ GOSTARIA DE FICAR, MAS É QUE EU TÔ SEM TEMPO.

sério, eu sei que se a gente continuasse, as coisas poderiam ser incríveis (ou não), e que talvez eu enxergasse em você dezenas de motivos pra permanecer (ou não), e que talvez você me fizesse tão bem que eu poderia esquecer que um dia alguém me fez mal (ou não). mas é que eu tô sem tempo.

eu tô sem tempo pra ter que responder às suas mensagens na velocidade da luz e ver você responder às minhas outra hora, outro dia ou na semana que vem.

eu tô sem tempo pra ter que lidar com as minhas paranoias ao ver você disfarçando uma mentira. tô sem tempo pra ter que lidar com a minha intuição me alertando quando você tenta fingir ser algo que você não é.

eu tô sem tempo pra perder o meu tempo tentando te entender, ouvindo as suas promessas e aceitando o seu discurso pra acalmar a minha carência. inclusive eu tô sem tempo pra sentir que preciso disso que você me oferece.

parece pouco pra mim, mas eu não te julgo, talvez seja o suficiente pra você.

mas é que eu tô sem tempo. sem tempo pra me iludir, me enganar e me lamentar depois, por alguém que eu já sabia que ia me dar trabalho, sabe?

eu tô preferindo evitar a fadiga. eu quero mesmo é seguir a minha vida com a leveza que eu aprendi a ter. em busca de algo que realmente me faça sentir prazer em doar o meu tempo. e com você eu até gostaria de ficar, mas eu entendi que, ou eu separo um tempo pro trabalho que eu já vi que você vai me dar, ou eu caio fora antes disso.

e a segunda opção parece fazer mais sentido pra mim agora.

é que eu tô sem tempo pra perder o meu tempo.

SOBRE FINAIS QUE CONSEQUENTEMENTE SÃO NOVOS COMEÇOS.

há um tempinho eu tinha dito que finais doem, mas que recomeços curam.
ouvi a minha insegurança dizer pra mim mesmo que eu não iria conseguir recomeçar, sozinho e sem ter aprendido como abraçar o meu próprio amor.

passei muito tempo aceitando pessoas, relações e sentimentos só por medo de abrir a porta e ter que observar partir aquilo a que dediquei o meu tempo e parte de mim.

dói, né, ver secar algo em que você mergulhou?

a insistência era sempre o que me fazia ficar em lugares que não me cabiam, com pessoas que não me mereciam, aceitando chorar por medo de não conseguir sorrir sem aquilo.

a minha insistência foi um dos piores erros que eu cometi comigo e com o meu próprio amor. eu acreditei que o amor era sobre apertar pra caber, sobre empurrar até onde der, sobre trancar a porta e abarrotar dentro de mim tudo aquilo que eu não tinha coragem de soltar.

depois eu descobri que não. o amor não é sobre insistir. é sobre saber quando algo perde o encanto, quando não existem mais motivos pra estar ali, quando sufoca em vez de abraçar.
a gente sempre sente muito com o fim das coisas. às vezes dói pra cacete mesmo. talvez esses finais que machucam a gente são das coisas mais bonitas e transformadoras que a gente possa sentir. um dia a gente percebe o tanto que contribuiu pra alguma parte da gente que precisou se reerguer ou recriar.

que a gente, então, possa abrir passagem pro que tiver que ir, partir. pra que a gente possa começar de novo e aprender a ser mais generoso com o nosso próprio amor.

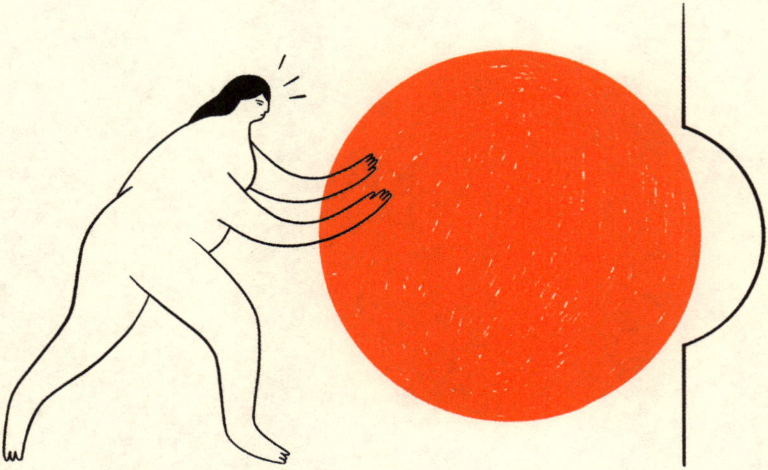

**seguir.
comigo.
pra mim.
e por mim.**

NINGUÉM VALE O TEU DESEQUILÍBRIO EMOCIONAL, A TUA LÁGRIMA E A TUA INSÔNIA.

um dia acreditei que o amor era colocar o outro em primeiro lugar, era esquecer de mim independentemente de qualquer coisa, era viver pelo outro e para o outro, como se a minha vida ficasse em segundo plano, sabe?

e é aí que tá o erro.
a gente não pode simplesmente ignorar quem somos, desconsiderar os nossos sonhos, nem achar que a vida do outro importa mais do que a nossa. as relações ficam mais leves quando a gente entende isso.

até entender que eu precisava de mim, demorou um pouquinho. a gente apanha pra aprender.

e hoje eu quero te dizer: faça por você o que ninguém foi capaz de fazer. porque só você tem a obrigação de se fazer feliz. só você tem a responsabilidade de se completar. viva por você e pra você.

a construção do amor-próprio começa aí. quando você dá o primeiro passo em direção ao seu próprio peito. ainda que ele esteja quebrado.

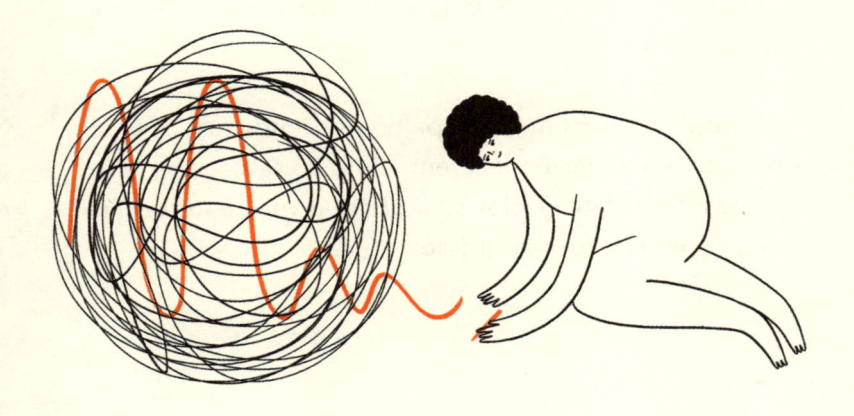

PARA TODAS AS PESSOAS FORTEMENTE INTENSAS.

eu quero que você se lembre de todas as vezes em que mergulhou de corpo inteiro, como se nunca tivesse se machucado. quero que você reconheça em todas as histórias em que você se envolveu o quanto você se entregou. quero que você perceba que, mesmo com os machucados que algumas pessoas lhe causaram, você teve coragem de se doar integralmente.

quero que você pare de se lamentar por ter se doado demais para gente que nunca aprendeu a se doar tanto. que só olhe para trás se for para ter orgulho de você, da sua entrega, da lealdade e da sinceridade que você teve com os outros.

quero que você se olhe no espelho e entenda que a culpa dos outros não permanecerem não é do seu corpo, nem da sua intensidade. ciclos se acabam e você não precisa acabar com si mesmo por isso.

que você continue a ser afeto, dando tanto de si em tudo que permite entrar, sentindo muito, sentindo da maneira que só você sente.

quero que você se lembre de todas as vezes em que disse para si mesmo que nunca mais iria se apaixonar, e de todos os dias que tentou acreditar que nunca mais seria capaz de amar de novo, mas não tem como fugir, não tem como fingir. você é afeto.

não tenha medo de ser, não tenha receio da intensidade que ocupa o seu peito.

lembre-se de que todas as vezes em que as pessoas tentaram te quebrar, você sobreviveu, e mesmo com medo, você foi. mesmo com receio de se machucar novamente, você se entregou. mesmo se machucando, você não deixou de ser você.

esses dias aprendi sobre a necessidade de manter uma distância segura de tudo aquilo que um dia te fez bem e te acolheu, mas que hoje não faz mais bem nem te acolhe como antes.

depois que você aprende isso, nunca mais você se submete
a situações e relações que machucam.

a gente não precisa se prender a momentos que foram bons ou a relações agradáveis que se foram. sabe por quê? pelo simples fato de que a gente precisa se abrir para novas possibilidades, novas pessoas e novos momentos.

NÃO DEPOSITE NO OUTRO A RESPONSABILIDADE DE TE CURAR.

li uma frase que dizia: "não deposite no outro o poder de cura". e isso é foda. às vezes a gente acha que o outro tem o poder de curar as nossas marcas, de cuidar dos nossos machucados. a gente cobra ou implora por cuidado quando, na verdade, só a gente tem esse poder de se curar.

por diversas vezes eu entrei em relações acreditando que o outro teria o poder de me curar, mas não! o outro não tem esse poder nem essa responsabilidade.

doeu perceber que a responsabilidade de cuidar das minhas marcas é exclusivamente minha. eu não posso me ausentar de cuidar de mim e exigir que o outro cuide por mim. eu que tenho que fazer por mim sem esperar que o façam. sou eu quem precisa dar atenção às minhas fraquezas. porque só eu sei o que passei. só eu sei o quanto suportei.

você não precisa carregar a expectativa de que os outros têm que fazer aquilo que só você pode fazer por você com a delicadeza, a lealdade e o afeto que só você sabe dar a si.

só você se cura.
o teu amor é o remédio.

minha meta é aprender a lidar com as minhas expectativas
e entender que o outro não será aquilo que eu espero.
da mesma maneira que serei aquilo que sou,
e não o que o outro espera de mim.

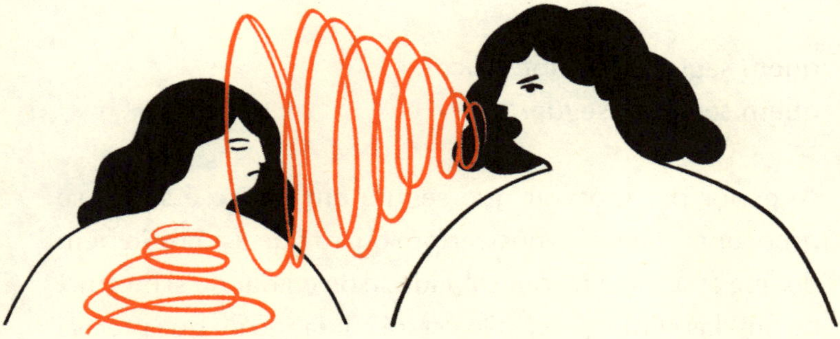

SOBRE SEGUIR EM FRENTE.

acho que quando alguém tem necessidade de demonstrar que seguiu em frente é porque, na verdade, não consegue seguir. quem segue em frente se cuida em silêncio, sente tudo que tem pra sentir até permitir que passe de vez.

quem segue não exibe placas.
quem segue só segue.

se expor pra mostrar que seguiu em frente é sobre se preocupar mais em mostrar pro outro que está tudo bem do que assumir a responsabilidade de cuidar de si mesmo. no fim das contas, você não estará cuidando do que precisa pra seguir em frente e vai se preocupar muito mais em fazer o outro sentir a sua falta do que você se preencher. isso faz parte do processo de seguir em frente também. mas é a parte totalmente irresponsável com você mesmo.

depois a gente aprende a olhar pro lado certo. isso, sim, é sobre seguir em frente.

e, sim, existem inúmeras maneiras de seguir em frente e cada pessoa escolhe a que achar mais confortável para aquele momento. é absolutamente compreensível. pra todo processo de superação e cura, existem fases. e a gente aprende com elas. bom, eu realmente já admiti pra mim mesmo que, pra seguir em frente, não preciso fingir. até porque isso não vai ser bom pra mim e não fará nenhuma diferença pro outro. então, eu só sigo. porque comigo é melhor.

e tudo bem não ter seguido em frente ainda, sabe? tudo bem ver que o outro está indo e perceber que você não está à frente dele. eu sei que alguém já te disse isso, mas vale repetir: cada pessoa tem o seu tempo. é pura bobagem a gente se comparar e se pressionar pra ficar bem mais rápido que outro. às vezes pode ser bem mais difícil do que parece.

você está seguindo por outro caminho. de outra maneira.

você se deu esse tempo. pra respirar. pra trocar as coisas de lugar e sentir tudo o que precisa ser sentido. seguir em frente sem indiretas, sem necessidade de mostrar que está tudo bem, sem querer dizer pro mundo que está tudo lindo, porque não está e isso só interessa a você e a mais ninguém. entende?

você entendeu que você não precisa da aprovação do outro, e sim de você em sua totalidade. você aprendeu que precisa ter paciência pra seguir em frente, porque você vai se transformar e esse processo de transformação às vezes demora mais do que a gente gostaria, mas a gente se reencontra ainda melhor e mais forte. com pequenas doses de si, a gente vai se curando do outro, de uma relação, de uma situação.

aos poucos.
bem aos pouquinhos.
e é melhor assim.

ter inteligência emocional contigo também
é uma maneira de dizer pra você: "eu te amo".

A SENSAÇÃO DE QUE PODERIA TER DADO EM MUITA COISA, MAS O PENSAMENTO DE QUE DEU NO QUE TINHA QUE DAR.

fiquei com a sensação de que a gente poderia ter dado em muita coisa.

poderia. se não fosse a falta de verdade da tua parte. se houvesse disposição e vontade, até poderia ter dado em muita coisa.

se você escolhesse ser sincero comigo desde o início em vez de fazer eu me apaixonar por uma versão que até você desconhecia.

ficou uma sensação de culpa, de ter ficado por mais tempo do que deveria, de ter insistido em adiar a minha partida por acreditar nessa sensação de que a gente poderia dar em muita coisa.

eu sei que você amou receber o que eu te dei. ter a minha atenção, perceber que eu tinha tempo pra você, que você

era prioridade pra alguém e que alguém, realmente, assumiu o risco de gostar de você. eu sei que tudo isso fazia você se sentir importante. mas eu queria me sentir assim também. e foi por querer que eu ainda fiquei.
fiquei por acreditar na sensação de que a gente poderia ter dado em muita coisa.

mas daí eu entendi que não se trata de querer. é muito mais sobre merecer, é sobre estar disponível a se dar, a se compartilhar com o outro. e pra isso não basta um só querer muito e fazer o possível. sou a prova disso.

eu realmente acreditei que a gente poderia dar em muita coisa, mas, aqui comigo, a razão me diz que deu o que tinha que dar. e eu acredito.

seja exigente, sim!

**seja exigente pra caramba.
não importa se as pessoas falam que você vai
morrer sozinho com as suas exigências. foda-se!**

**quanto mais exigente você for, menor é a chance
de você aceitar qualquer coisa ou de ficar em uma relação
péssima só por medo de ficar sozinho.**

A SUA INTENSIDADE NÃO É UM PROBLEMA.

eu sei que parece que toda essa intensidade é um problema, que ninguém parece ficar, ou que as pessoas sempre arrumam um jeito de arruinar tudo, ou de mentir, ou de machucar a gente.

mas, se for parar pra observar, a tua intensidade é aquilo que sempre te cura. é ela que te mostra que nem todo mundo está pronto pra te receber. e tudo bem, existem outros caminhos, outras relações, outras maneiras de você sorrir. dando suas mãos a alguém ou escolhendo caminhar consigo mesmo.

é ela que te faz sobreviver aos seus piores dias. e, nos melhores, ela te ensina a viver.
é com ela que você vai dormir acreditando que o mundo acabou, e também é com ela que você vai acordar tendo a certeza de que é capaz de conquistar e merecer muito mais.

é a sua intensidade que vai te mostrar que você não merece qualquer coisa. é com ela que você vai aprender a se acolher da mesma maneira que acolhe os outros, e se curar. você vai aprender também a se perdoar com toda a força que você amou e se partiu. você vai se reerguer, sendo exatamente assim.

nem sempre sentir muito significa sentir mais. a gente precisa ter respeito por aquilo que a gente sente também. a intensidade é parceria, o perigo é quando a gente esquece que o amor-próprio precisa fazer parte dessa entrega. você vai passar a ter mais coragem e, ao mesmo tempo, cautela. vai observar mais e absorver menos sentimentos que não somam. e, por favor, não abra mão da sua intensidade.

então, agradeça por toda essa intensidade que você tem. por não ter se perdido de si mesmo, ou por ter se encontrado em meio ao que foi embora.

agradeça por você ter ficado ao seu lado, por ter tido coragem de dizer pra si mesmo: "foda-se, eu vou ficar aqui contigo".
é assim que tem que ser.

é sobre isso.
sobre você se orgulhar da sua intensidade,
mesmo quando tenham tentado te quebrar mais uma vez.

SE FAZER BEM É RESPONSABILIDADE SUA, NÃO DO OUTRO. É VOCÊ QUEM PRECISA SE CUIDAR. É VOCÊ QUEM PRECISA SE PRIORIZAR. É VOCÊ QUEM TEM QUE SER A PESSOA MAIS IMPORTANTE DA SUA VIDA. É VOCÊ E VOCÊ, MEU BEM!

por que é que a gente tem sempre que transferir as nossas responsabilidades pro outro? é mais fácil culpar alguém por não cuidar da gente do que assumir quando cometemos o erro de não cuidar da gente primeiro, né?

este texto é sobre todas as minhas expectativas que me trouxeram frustrações, por todas as minhas ações que me machucaram de alguma maneira porque eu esperei que o outro agisse da mesma forma que eu, e também por tudo aquilo que eu poderia fazer por mim e pra mim e esperei que os outros fizessem.

cheguei à conclusão de que seria menos pesado se a gente admitisse quando as nossas expectativas extrapolam os limites em vez de fugir disso e viver sempre culpando os outros por coisas que eram a nossa obrigação fazer. se a gente assumisse essa responsabilidade de se fazer feliz em vez de depositar em alguém, seria menos pesado.

a gente não pode colocar o outro como prioridade à nossa frente. é cruel fazer isso com a gente.
e é por isso que eu digo e repito pra mim mesmo:

é sua responsabilidade se fazer bem. por mais que você queira alguém faça isso por você. é sua prioridade se priorizar, por mais que você queira estar com alguém. é você quem deve cuidar dos seus planos, correr atrás dos seus sonhos, cuidar de você por inteiro. é você e mais ninguém!

e é melhor que a gente entenda isso de uma vez por todas pra não viver esperando que o outro seja o que a gente espera, que faça o que a gente deseja ou se importe da maneira que a gente se importaria.

porque isso dificilmente vai acontecer. e a gente não tem que se culpar por isso. nem colocar a culpa no outro. nem culpar ninguém.

o problema, às vezes, não está no outro. está na maneira como a gente se trata e permite ser tratado pelos outros. ou quando a gente insiste em esperar algo de alguém que não tem muito pra oferecer.

**a regra é clara: abraçar quem eu sou.
porque ninguém fará isso por mim.**

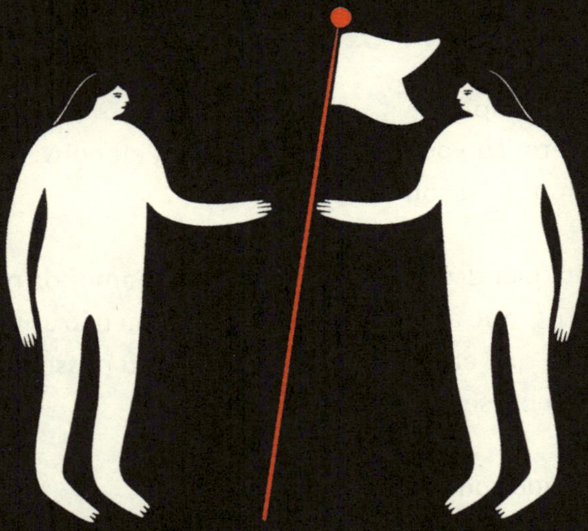

EU SOU AFETO.

não sei se as pessoas estão carentes e confusas demais, ou se a minha maneira de conhecer alguém é ultrapassada.

pra mim é simples:
se eu quero, eu vou, eu falo, eu lembro, eu converso, eu puxo assunto. eu sou afeto.

e isso não quer dizer que a pessoa já seja o amor da minha vida, até porque amor é uma conquista. eu não amo ninguém pelo que eu faço por essa pessoa, eu passo a amar pelo que a pessoa faz por mim.

eu dou o que sou.
se não quero, eu vou falar.
se perder a vontade, eu vou dizer.

só espero que quem se envolva comigo entenda primeiramente que, se trato alguém bem, não quer dizer que esse alguém é o amor da minha vida. isso só significa que estou dando o que tenho em mim e você recebe se quiser.

se não quiser, avisa!
deixa claro, por favor!

porque existe em mim uma vontade de viver, de viver de maneira sólida e intensa tudo o que me permito. não faço parte do bloco das relações líquidas.

pra mim, ainda que comece hoje e termine amanhã, ainda que o outro parta mesmo que eu queira que fique, ainda que eu saiba que as relações acabam e que as pessoas são imprevisíveis.

eu não vou partir de alguém sem ter sido, no mínimo, afeto. mas, eu sei, nem tudo cabe a mim.

e é por isso que eu sempre digo: o meu amor não se resume à maneira importante e generosa como eu trato as pessoas que conheço, isso é só uma parte do que sou.

quem confunde antes mesmo de mergulhar, quem acha que já sabe tudo de mim, realmente, nunca será capaz de desbravar quem eu sou de verdade.

porque eu não sou aquele abraço quente num dia frio.
eu sou o que está por dentro daquele abraço,
e nem todo mundo vai enxergar isso.

VOCÊ É DO CARALHO!

as pessoas vão te manipular quando você se achar insuficiente. vão te manipular quando você se achar fraco, pequeno e incompleto. vão te manipular quando você acreditar que não merece o melhor do amor, do outro, das relações, e por isso aceitar qualquer situação como se fosse muita coisa.

mas quando você descobrir o seu valor, e finalmente se permitir conhecer a si mesmo, você vai se libertar de todos aqueles que tentaram se beneficiar de você enquanto você não se descobria. e você vai perceber que não, você não é incapaz e pequeno só porque você não estava no mesmo *timing* de alguém. você não é insuficiente só porque as pessoas não ficaram. você não é raso só porque alguém não te escolheu. e você não é idiota por ter acreditado tantas vezes nas suas tentativas.

você foi inteligente por ter se escolhido, mesmo quando precisou decidir entre abrir mão de alguém que você amou e abraçar o amor que você precisava continuar tendo por você. você foi forte por ter seguido em frente, mesmo quando escolheu se trancar um pouco, ou cogitou desistir do amor, ou jogou fora as possibilidades de novos amores por medo. você foi forte e inteligente mesmo quando te faltou coragem, porque sabia que precisava de um tempo pra se reerguer, pra reorganizar tudo e seguir em frente quando estivesse pronto de novo.

você foi leal a você e ao amor quando escolheu ser transparente com os seus sentimentos, quando deixou alguém partir de você porque você reconheceu que algumas pessoas juntas não funcionam. quando admitiu que, às vezes, é melhor que o outro fique distante da gente. você teve respeito por você quando entendeu que ninguém fica pra trás, que as pessoas tomam caminhos diferentes e que você conseguiria se transformar no seu tempo. você sempre conseguiu, né?

isso, sim, é do caralho!

foi assim que me descobri diversas vezes e é assim que venho me descobrindo. abrindo mão de tudo aquilo que tenta me afastar de mim. tomando espaço de tudo aquilo que tenta me prender e me privar de viver da minha maneira. e aprendendo a aceitar que, o que importa agora, amanhã e depois, é quem eu sou pra mim. é como eu me vejo com os meus próprios olhos. é a versão que eu tenho comigo que verdadeiramente importa, não aquela versão que as outras pessoas acham que conhecem, não o que os outros projetam de mim.

você é do caralho, do jeito que você é!

esse amontoado de coisas que nem você mesmo conhece tudo, essa bagunça que, aos poucos, você vai apreendendo a organizar. um defeito aqui. outra falha ali. um trauma de algo que ainda não conseguiu superar totalmente – mas o suficiente pra que tenha continuado o seu caminho –, alguns machucados que te ensinaram a não ser o motivo ruim pra alguém como alguém um dia foi pra você.

você não acreditou no fim de algo nem na partida de alguém. nada disso te definiu. eu sei que é difícil a gente seguir em frente como se nada doesse. e, de verdade, você não precisa fingir que não dói. talvez se torne mais fácil quando você admitir pra si mesmo como é difícil.

muitas vezes me senti sozinho,
mas, na verdade, pensando bem,
eu sempre estive só.

nas minhas crises, nas minhas *bads*,
nos meus momentos
de resiliência e transformação.

era eu e eu.

ME COBRO DEMAIS E ISSO TEM ACABADO COMIGO.

você tem sido cruel demais consigo mesmo. você tem sido injusto com o seu corpo, se cobrando pra ser forte o tempo todo, sem considerar tudo que você já foi capaz de suportar, resistir e transformar.

e todas as relações às quais você sobreviveu, todas as mentiras que te arrancaram pedaços e você se curou. todos os baques que te deram e todos os amores que te prometeram, pra no fim você perceber que o amor que precisa ficar é o seu.

então, não seja tão duro consigo mesmo, respeite o seu tempo, considere o caminho que você percorreu e que te trouxe até aqui, tenha orgulho por ter sido resiliente mesmo quando tentaram cortar as suas asas.

você não vai acertar sempre. ninguém vai. às vezes as coisas vão dar errado, ainda que você tente uma, duas, três vezes. algumas coisas fogem do seu alcance.

não se cobre tanto.
se olhe com mais afeto porque você é capaz de renascer porque recomeçou outras vezes.

NÃO IMPORTA QUANTAS VEZES EU ME QUEBRE, EU SEMPRE VOU ME RECEBER DE VOLTA COM O MEU MELHOR SORRISO.

eu já tive medo do que eu iria encontrar ao me reencontrar.

tive medo de não estar preparado pra lidar com o meu novo tamanho, com a minha nova casca. eu tinha medo de me ver sozinho por muito tempo, de não saber o que fazer com a minha individualidade, de não conseguir encarar a minha mais nova versão de mim mesmo e dizer: "eu te abraço e te aceito de volta".

eu tinha medo de me reencontrar porque eu achava que eu não era capaz de me completar, porque eu pensava que eu não era suficiente sozinho, porque eu tinha medo de descobrir o amor por mim, porque eu achava que ele me afastaria dos outros. mas, na verdade, o meu amor me ensinou a aceitar somente aquilo que é bom pra mim. se eu dou afeto, eu não mereço receber nada menos do que isso.

eu tinha medo de partidas, porque eu me achava incapaz e desinteressante a cada despedida, a cada tentativa frustrada de dar certo. depois eu entendi que daria mais certo se eu soubesse, primeiro, que eu precisava dar certo comigo antes.

eu tinha medo de não saber suportar o fato de ser grande, potente, apto a dar e receber amor, de mim e dos outros.

agora, eu tô aqui. com a consciência leve e o peito sossegado de que eu me tenho, e de que mesmo que eu me perca outras vezes, mesmo que eu esqueça do meu próprio amor por alguns instantes, mesmo que eu falhe comigo mesmo, estarei me esperando de volta, sem culpa, sem me diminuir ou me escantear só porque alguém fechou as portas pra mim.

eu vou me receber com o meu melhor sorriso. porque se eu cheguei até aqui, eu tenho motivos pra recomeçar.

e eu sou um bom motivo pra isso.

maturidade emocional é saber que você precisa de você antes de qualquer pessoa.

QUERO FICAR BEM COMIGO.

faz um tempo que tenho sabotado a minha capacidade de ser resiliente, de resistir aos dias ruins, e de ser forte como sempre fui diante das minhas quedas.

esses dias me lembrei de uma frase que dizia que não existe ninguém neste mundo capaz de machucar a gente mais do que a gente mesmo. a gente tem um poder absurdo de se colocar pra baixo, de se autodestruir e de contar mentiras pra nós mesmos.

e é por isso que a gente precisa querer ficar bem com a gente. fazer as pazes, levantar a bandeira branca e declarar amor-próprio em vez de guerra contra o nosso próprio peito.

você não merece ficar se questionando por que os outros partiram e você ficou, ou por que o teu afeto foi recusado, ou por que o amor que você deu, mesmo tão intenso e verdadeiro, foi jogado fora por outra pessoa. você merece se encher de orgulho por ter feito o que estava ao seu alcance, por ter sentido o amor transbordar no teu peito, ocupar os espaços de todo o teu corpo a ponto de exalar em formas de palavras, gestos e toques.

no fim, é disso que a gente precisa. ter orgulho do amor que sentimos porque é por ele e com ele que a gente se transforma e enxerga novas possibilidades pra continuar.

eu quero ficar bem comigo mesmo. e espero que você fique bem com você mesmo também. que comece a acreditar no seu tamanho e no seu poder de recomeçar, ainda que sozinho, mas cheio de amor. pra que você saiba que existe uma consequência pra quem vive, às vezes boa ou não tão boa assim, mas que você vai sobreviver e vai se ver genuinamente forte.

quero tocar a minha pele e lembrar que ela é o meu casulo, que eu preciso de mim por inteiro, e que, não importam quantas pessoas me tocaram e partiram, o que importa mesmo é o que ficou comigo, e é disso que eu preciso cuidar. quero olhar pra mim e me perdoar por todas as vezes que falhei comigo mesmo e por tantas vezes ter permitido que fizessem do meu amor um brinquedo. por não ter levado tão a sério os meus sentimentos e ter exigido que os outros levassem.

quero me olhar com mais amor porque mereço, por tudo o que já passei.
quero ficar bem comigo.
e ficarei.

Leia também

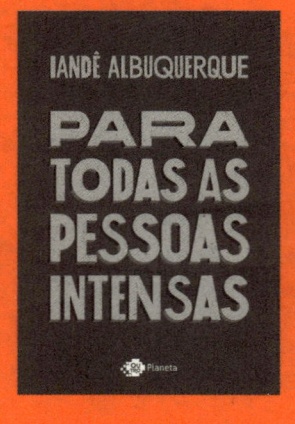

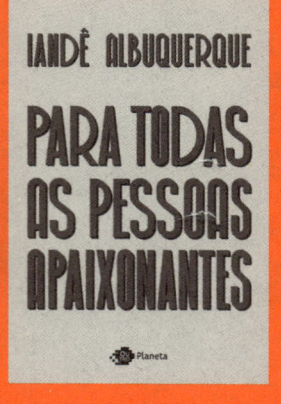